KB022929

전유성의

구라 삼국지

나관중(羅貫中) _ 지음

중국 진(晉)나라 때의 진수(陳壽)가 쓴 정사 『삼국지』를 기반으로 당시 민간인들 사이에서 떠돌던 다양한 버전의 영웅 이야기를 통폐합, 오늘날의 소설 『삼국지』를 만들어낸 인물. 직업은 비록 정부 하급 관리에 불과했지만 풍부한 상상력과 디테일한 캐릭터 묘사, 상식을 압도하는 스케일로 소설 『삼국지』를 동아시아 최고의 베스트셀러로 만들어냈다.

성격이 좀 까탈스러워 사람 사귀는 걸 좋아하지 않았고, 무슨 짓을 하며 살았는지에 대한 정보가 거의 없어 '행적이 묘연한 의문의 사나이'라고 할 만하다. 어쨌든 당시의 정사 『삼국지』에 대담한 수법의 구라를 섞어 넣고 흥미를 유발하는 짜임새 있는 이야기로 뽑아냈다는 점에서 존경과 찬탄을 받지 않을 수 없는 대단한 스토리텔러이자 당대 최고의 구라꾼. 언제 죽었는지는 모르지만 사람들에게 맞아 죽었다는 대단히 믿기 힘든 설도 있는데, 이는 구라를 쳐도 적당히 쳐야지 심하게 쳤다가는 결국 응징을 당한다는 교훈을 남겨주고 있다.

전유성의 구라 삼국지

전유성_구라 | 김관형_그림·사진 | 이남훈_구라 다림질

10

교훈은 발견하는 자의 몫이다

소담출판사

이 책은 종이 수면제가 아닙니다

인터넷에 들어가 삼국지를 한번 검색해 보라. 삼국지와 연계해서 만들어진 소설, 영화, 게임, 만화, 블로그들이 즐비하게 떠오른다. 그러나 한결같이 구태의연하다. 시대배경, 연표, 인물탐구, 여인, 지도, 전투, 명장면, 진실탐구, 관직설명, 보물, 고사성어, 한시, 도서, 게임……메뉴만 보아도 상투성을 벗어나지 못했음을 대번에 간파할 수 있다.

얼마나 식상한가. 공장 이름은 다르지만 모양과 내용은 똑같은 삼국지 통조림이다. 모든 통조림 속에는 죽어 있는 생물이 들어 있다. 삼국지 통조림도 마찬가지다. 죽어 있는 유비가 들어 있고 죽어 있는 관우가 들어 있고 죽어 있는 동탁이 들어 있고 죽어 있는 예형이 들어 있다. 비록 순수 창작물은 아니더라도 이제 삼국지의 모든 인물들과 사건들은 새롭게 태어나 새로운 의미로 우리에게 다가올 필요가 있다.

우리는 지금까지 구태의연한 정신상태를 가진 사람들이 구태의연한 방식으로 제조한 통조림을 먹고, 난세가 어떠니, 영웅이 어떠니, 모반이 어떠니, 술수가 어떠니, 지혜가 어떠니, 의리가 어떠니, 인간이 어떠니, 도리가 어떠니를 떠들고 있었다. 그러나 전유성의 『구라 삼국지』는 확연히 다르다. 모든 인물과 사건들이 새로운 기법과 구성 속에서 선명하게 되살아나

현세와 과거를 넘나든다……세간에는 날마다 서적이라는 형태를 간직한 종이수면제들이 엄청난 부피로 쏟아져 나온다. 복용하면 감동은 전무하고 졸음만 쏟아진다.

그러나 전유성의 '구라 삼국지'만은 수면제가 아닌 각성제가 되어 수많은 독자들을 서점으로 불러들이기를 비는 마음으로 세상을 향해 강추(强推) 한 방을 날린다.

소설가 이외수

구라의 타짜, 전유성이 쓴 창의력 삼국지

지금껏 수많은 삼국지가 있었다. 거기에 전유성 씨도 가세했다. 전유성의 『구라 삼국지』다. 짬을 내서 잠깐 본다는 것이 멈출 수가 없다. 자꾸자꾸 다음 페이지로 넘긴다. 얘기들이 잘 가다가 옆으로 빠지기도 하고 샛길로 넘어가기도 하지만 읽다보면 또 제자리로 잘도 돌아온다. 그러면서도 헷갈리지 않고 정신이 없지도 않다. 그런데 이게 읽다보면 다음 이야기들이 궁금해서 견딜 수가 없다. 술술술 읽혀서 이거 완전히 중독성이 있다. 일명 '구라 삼국지 폐인'들도 생겨나려나? 아마도 추천사를 쓰면서 메일로 삼국지를 읽었던 본인이 '구라 삼국지 폐인 1호'가 되지 않을까 싶다.

본인도 창작을 하는 사람이지만 전유성의 『구라 삼국지』를 보면서 '아하!' 하는 감탄을 한두 번 한 게 아니다. 『구라 삼국지』는 한마디로 '창의력 삼국지'라고 해도 과언이 아닐 것이다……전유성은 일명 '구라의 타짜' 라고 할 수 있을 것 같다. 남을 즐겁게 해주는 구라의 힘과 세상을 다른 방식으로 보며 자신의 성공을 앞당겨주는 창의력을 키워보자.

만화가 허영만

엇박자가 선사하는 기묘한 웃음의 세계

'엇박자'의 미덕은 일탈의 정신과 그 맥을 같이한다. 모두가 똑같은 생각, 똑같은 행동을 하고 있을 때, 느닷없이 튀어나온 엇박의 신선함은 보는 이를 즐겁게 할 뿐만 아니라 일탈의 자유로움을 선사하기 때문이다. 그런데 『구라 삼국지』가 보여주는 엇박자는 단순히 일탈만을 강조하는 엇박자가 아니었다. 전유성 씨는 그 엇박자를 통해서 세상의 모든 권위와 진지함, 딱딱한 편견에 대해서 하나의 '조롱'을 하고 있었다. 이는 내가 영화 〈황산벌〉과 〈왕의 남자〉를 통해 보여주고자 했던 것과 크게 다르지 않았다. 그리고 때로 전유성 씨는 가장 강하면서 또 가장 위험한 카드인 '자기 조롱'도 서슴치 않으면서 세상의 모든 권위를 무화(無化)시키려는 시도를 보여주었다.

'웃음'에는 여러 가지가 있다. 그저 입꼬리만 올라가게 하는 헛웃음이 있는 반면, 머리로 생각하게 하고 무르팍을 치게 하는, 그래서 가슴으로 받아들이게 되는 그런 웃음이 있다. 그런 면에서 『구라 삼국지』가 보여주는 웃음의 세계는 오래도록 가슴에 남아 있을 것이다.

영화감독 이준익

구라를 위한, 구라에 의한, 완전 구라의 『구라 삼국지』

삼국지는 그 원전 자체가 이미 한바탕의 구라 보따리이므로, 원전을 각색한다거나 새로운 시각으로 다시 쓰려고 덤비는 짓 자체가, 마치 청룡언월도를 비껴들고 서 있는 관운장 앞에서 범부가 식칼을 들고 날뛰는 꼴에 비유될 수 있을 것이다. 좀 더 구체적으로 설명하자면, 존 트라볼타 앞에서 함부로 히프를 놀리는 격이요, 타이거 우즈 앞에서 파리채를 휘두르는 꼴에 지나지 않는 일인 것이다. 천하의 빛나는 두뇌, 전유성이 이 점을 간파하지 못했을 리가 없다. 하여 그는 삼국지를 새로 쓰는 방식이 아니라, 삼국지의 명장면들에 해제를 다는 방식을 택했다. 그러니까 다시 말하자면, '삼국지의 참고서'를 펴내기로 한 것이다.

삼국지의 기본적인 줄거리들을 요약하여 정리해주면서, 그 줄거리들에 자신이 살아오면서 겪었던 뼈저린 요절복통의 경험담들을 슬그머니 풀어넣은 다음, 구라에 또 다른 구라를 가미하는 전략을 구사하기에 이른 것이다. 게다가 그는 단순히 구라에 구라를 보태는 것에 멈추지 않고, 심리학계의 고수 김효창 박사를 초빙하여 그 구라 위에 학술적인 내용을 보강함으로써 그 구라에 대한 신뢰도를 높였다. 그리하여 단순히 '웃고 즐기는 구라'에서 진일보하여, '피가 되고 살이 되는' 새로운 개념의 구라를 펼쳐 보이고 있는 것이다.

월간 〈PAPER〉 발행인 김원

"남녀관계란 이런 것이 아니더냐.
헤어지면 그리웁고 만나보면
시드을~하고."

10권을 이끌어가는 주요 인물들

유비

한나라 왕실의 혈통을 이어받았다고는 하나 집안이 가난해 돗자리와 짚신을 짜면서 불우한 어린 시절을 보냈다. 인덕이 있다고는 하지만 때때로 우유부단한 면을 보여주기도 하고 순수한 인간적인 매력에 비해 능력이 좀 모자란다는 평을 받기도 한다. 촉의 황제가 되기는 했지만 천하통일과 한나라의 부흥에 대한 꿈을 이루지는 못한다.

관우

죽어서 신으로까지 모셔질 정도의 충직한 의리를 보여준 유비의 오른팔. 지조, 충성의 대명사이자 천하무적의 호걸로 불리지만 인정에 다소 약한 면을 가지고 있다. 쌈질에서는 타의 추종을 불허한다. '대춧빛 같은 피부'와 '미염'이라고 불리는 길고 아름다운 수염이 강한 인상을 주는 캐릭터.

장비

술 먹으면 개가 되는 스타일. 성질이 급한 데다 아랫사람들을 패는 버릇이 있다. 하지만 역시 관우와 함께 당대 최고의 쌈꾼으로 이름을 떨치며 유비의 왼팔 역할을 톡톡히 해낸다. 삼국지 초반부에는 좀 머리가 비어보이는 듯하지만 후반부에 가서는 나름대로 전투 아이디어도 내는 등 열심이다. 호탕한 성격은 나름대로의 장점.

사마염

삼국(三國)의 그 기나긴 스토리가 사마염의 시대에서 끝날 줄 누가 알았을까. 사마의의 손자였던 그는 조환을 협박해 위를 계승하고 천자가 된 후 진나라를 세웠다. 갈라졌던 중국이 드디어 사마염의 손에 의해 천하 통일된 것이다.

손호

오나라의 마지막 황제. 제위에 오르기 전에는 과단성과 총명함이 엿보여 많은 군신들의 기대를 한 몸에 받았으나 이상하게도 제위에 오르자마자 바로 기다렸다는 듯이 주색을 좋아하는 폭군으로 돌변해 나라까지 말아먹었다.

유심과 최씨

삼국지 10권에서 큰 비중을 차지하지는 않지만 매우 인상적인 한 장면을 연출했던 부부. 북지왕 유심과 그의 아내 왕비 최씨는 후주 유선이 위군에 항복한다는 이야기를 듣고 후주를 말리다, 말리다 결국 자결했고 최씨는 남편을 따라 장렬히 돌에다 머리를 찧어 죽었다.

호연

강유와 종회의 반란을 막아냈던 인물. 아버지 호열의 지시를 받아 구금되었던 장수들을 스펙터클하게 구해내고 종회를 죽인 후 강유를 자결케 했다.

교훈은 발견하는 者의 몫이다,

전 유 성

차례

1

하늘이 무너지면 솟아날 돈도 없어야 한다

- 후주의 처신에 강유는 말문이 막히고

다음 날도 의견이 분분한 가운데 일이 급하게 돌아갔다.

그러자 초주는 다시 후주께 어제 냈던 의견대로 "위국에 항복하시지요." 하고 주청을 했다.

"항복만 하면 간단한 거지? 지금 가자. 내 신발 어디 있냐? 가자."

그때 병풍 뒤에서 병풍이 찢어지게 큰소리가 터져 나왔다. 신발 신다 말고 돌아보니 후주의 다섯째아들 북지왕(北地王) 유심(劉諶)이었다.

"이 썩어빠진 선비 놈들아, 천자에게 항복을 권하는 게 네가 할 일이냐? 자고로 항복하는 천자가 있다는 말이 어느 책에 나와 있더냐?"

후주가 "네가 젊은 혈기만 믿고 그러는데, 내 백성들이 성안에서 피를 흘리는 걸 나는 원치 않느니라."

유심이 다시 "지난날 선제가 다스릴 때에도 초주는 국정에 간여하지 못했습니다. 망령된 의견과 어지러운 말로 대사를 논하는 것은 당치 않은 일입니다. 아직도 성도에 수만 명의 군사가 있고 강유의 전 군대가 검각에 있으니 위군이 궁궐을 침범한다는 소문만 들으면 반드시 구하러 올 것입니다. 그때 안과 밖에서 협공하면 반드시 이길 것입니다. 어찌 썩은 선비의 구린내 나는 말만 듣고 선제가 세우신 기업을 버리려 하십니까?"

후주가 꾸짖으며 "너와 같은 어린애가 어찌 천시(天時)를 알 수 있느냐? 물러가라. 가서 숙제해!"

북지왕이 무릎을 꿇고 울부짖으며 "힘이 다해서 불가피하게 화를 당하면 부자군신이 죽는 한이 있더라도 싸워야 나중에 선제를 알현할 수 있지, 어찌 항복, 항복, 신발, 신발만 외치십니까?"

후주는 들은 체도 하지 않고 귓구멍만 쑤시고 있다. 그러자 유심은 통곡 통곡곡 고고옥 몸부림 부림을 부르르 쳤다.

또 북지왕이 "선제께서는 어렵게 나라를 일으키셨는데, 하루 아침에 버리다니요! 저는 차라리 죽을지언정 이런 치욕은 당하지 않겠습니다."

"저놈을 밖으로 끌어내라. 넌 뭐 하냐? 빨리 항복문서 안 만들고! 갈 길이 바빠!"

북지왕을 궁 밖으로 쫓아내고 초주는 항복문서를 들고 시중 장소(張昭)

와 부마도위 등량(鄧良)과 함께 항복사절단이 되어 위 진영으로 달려갔다. 마침 말 코털을 손질하고 있던 등애는 그 소식을 듣고 기뻐하며 우핫하! 버선발로 뛰어나가 이들을 맞아들였다. 사절단이 가져온 항복문서와 옥새를 받아든 등애는 "철자법도 안 틀리고 잘 썼네!" 등애가 답서를 주면서 "내가 무슨 말 하려는지 알지?"

☆ 항복 문서 全文

一. 지금의 무궁한 발전을 기원 합니다.

一. 항복사유 : 집안사정으로 말미암아

一. 위국 마노세 등애 마노세

"네, 그럼요. 백성들을 안심시키라는 거, 지금보다 더 떵떵거리며 잘살 수 있게 해준다는 거."

성도로 돌아와 등애의 답서를 올리니 후주는 답서를 읽어보지도 않고 먼저 "좋아하던?" 하고 묻는다.

"그럼요."

"대우도 잘해주던데요!"

"술도?"

"네."

"여자도?"

"물론이죠."

"이뻐?"

"그럼요."

"안심이네."

후주는 태복(太僕) 장현(蔣顯)을 시켜 강유에게 가서 빨리 항복하라는 칙령을 내렸다.

서촉의 가옥 수는 28만, 인구는 가출 소년소녀 포함 94만 명, 관리 4만 3 명, 양곡 40여 만 석, 금은 3,000근, 고급 비단이 20만 필, 골프 회원권 30 장, 승마 회원권 54장 등이었다. 항복하기 좋은 날을 잡아 새 옷으로 갈아 입고 임금과 신하가 사이좋게 항복하러 갔다.

북지왕 유심은 이 소식을 듣고 손을 부들부들 떨며 칼을 뽑아들고 내전

'항복하여
발 뻗고
자보자'

으로 들어가려 한다. 이에 왕비 최씨가 "대왕의 안색이 안 좋은데 무슨 일이 있었나요?"

"위군들이 들이닥치니 아버님께서 이미 항복문서를 보내고 내일 군신이 같이 항복한다 하오. 이제 나라는 망했소. 나는 항복 전에 죽어 선제를 지하에서 뵈려 하오. 남에게 무릎을 절대로 꿇지 않겠소."

"참 훌륭하십니다. 값진 죽음이 될 것입니다. 소첩이 먼저 죽겠습니다."

"자네가 왜?"

"대왕이 아버지를 위해 죽은 거나 소첩이 장부를 따라 죽는 것은 같은

유심과 최씨

이치지요."

말릴 틈도 없이 왕비 최씨는 섬돌에 머리를 부딪쳐 죽었다. 으흐! 유심은 손수 자기 아들 셋을 죽이고 아내의 목을 부둥켜 안고 유현덕을 모신 소열묘(昭烈廟)에 이르러 엎드려 통곡했다.

"신은 선조의 기업이 남에게 내던져지는 것을 보고만 있을 수는 없습니다. 조부님의 영이 계시다면 손자의 마음을 헤아려주옵소서."

유심은 피눈물을 쏟아낸 후 자결하여 가족들 옆에 누웠다. 이 소식을 들은 촉나라 사람들은 애통해 마지 않았다. 후주는 아들 북지왕이 분개하여

유심은
피눈물을 쏟아낸 후
자결하여 가족들
옆에 누웠다.

자살했다는 보고를 받고 장사를 잘 지내주라 명했다. 과연 항복하는 와중에 뭘 어떻게 잘해줬을까?

다음 날 위군들이 들이닥친다는 소식이 들리자 "왔다. 서둘러 가자."

후주는 태자와 여러 왕자들 및 군신들 60명을 대동하고 자신을 결박짓고 가마를 탔다. 이런 굴욕적인 태도로 성도 북문 밖 10리 지점에 진영을 치고 기다리고 있던 등애에게 항복했다. 등애는 엎드린 후주를 붙들어 일으키고 손수 결박한 밧줄을 풀어준 뒤 후주가 타고 온 가마는 불질러버렸다. 등애는 후주와 함께 수레를 타고 성도에 입성했다.

성도에 사는 백성들은 통장과 반장의 지시에 따라 향과 꽃을 들고 나와 등애와 위군을 맞이했다. 등애는 후주를 표기장군에 봉하고 기타 문무관원들에겐 종전의 벼슬을 참조하여 각기 벼슬을 내린 후 후주를 궁에 들게 했다. 등애는 성도에 입성한 후 각 요소요소에 방을 붙여 촉의 백성들을 안심시켰다.

너 덜은 안 해친다, 살던 대로 살아라,

등애는 태상 장준과 익주별가 장소를 파견하여 백성들을 위로하게 했다. 또 사람을 보내 강유에게 항복을 권유하는 한편, 낙양에도 사람을 보내 소식을 전하게 했다. 또한 내시 황호를 불러 "나한테도

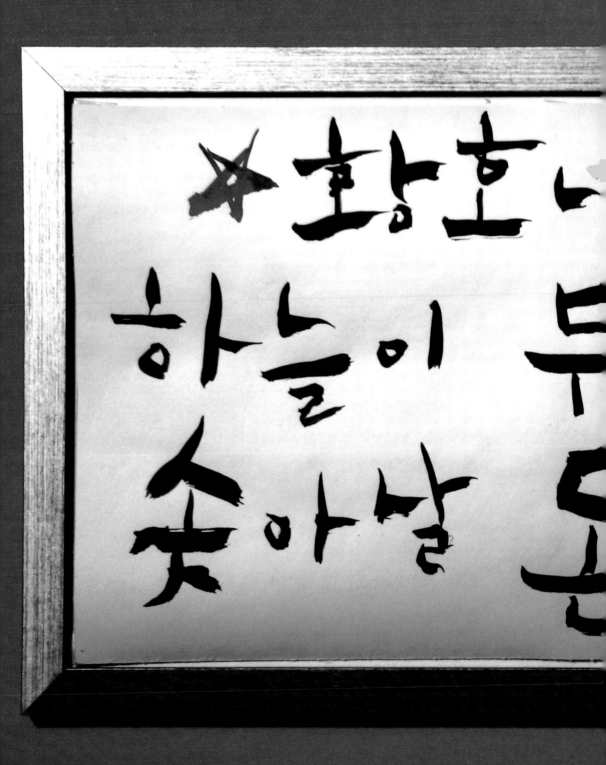

家訓

궁녀를 바칠 수 있냐?" 은근히 떠보았다.

"물론입죠. 취향을 말씀해주시오면 바로 대령하겠습니다요."

"이거 아직 정신을 못 차렸구만!"

등애는 황호를 참형에 처하라 명령했다. 그러나 그동안 모아온 금은보화 중 일부를 풀어 등애의 측근들을 매수해서 겨우 목숨을 부지했다.

촉한의 역사는 이렇게 막을 내렸다. 끝~!! 삼국지가 이렇게 끝나다니! 에고 허무해라!!! 삼국지를 읽지 않았을 때는 유비, 관우, 장비가 주인공이라서 이들이 삼국통일을 하는 줄 알았다. 그런데 주인공이 앞에서 죽는 소설은 처음 보네! 에고데고! 적벽대전 끝나면 삼국지가 끝나는 줄 알았더니! 그 뒤에도 쌈질의 연속이더라! 제갈량이 살아서 뭐 어떻게 하는 줄 알았는데 강유도 있고 등애도 있고 뛰는 놈 위에 나는 놈, 나는 놈 위에 말 타고 나는 놈들이 순서대로 나오는구나! 나라 말아먹은 내시 황호란 놈도 죽어 마땅한데 돈 멕여서 살아났다. 이거 어떻게 되는 거야? 권선징악, 이런 게 다 소용없다는 말이 이때부터 있었구나. 나쁜 놈들을 청소해주지 않는 건 예나 지금이나 마찬가지구나! 얼쑤! 촉군의 군세를 좀 먹게 한 가장 큰 원인이 내시 황호의 장난이었고, 위군이 쉽사리 촉한을 평정하는 데 커다란 도움을 준 것도 황호였다. 하지만 촉한의 부패한 구석구석에는 황호의 간악한 손길, 눈길, 콧김, 입김이 서려 있어서 그를 참수하려 했지만, 등애 측근에게도 콧김을 힝힝 풀어 죽지 않고 살아서 도망쳐부렀다. 발씨!

등애가 강유에게 항복하라고 사람을 보냈으니, 다음 이야기가 궁금하도다! 성도의 태복 장현은 검각에 이르러 강유를 만나 후주의 칙령을 전달하고 그동안 있었던 일을 장황하게 설명해주었다. 그리고 항복할 것을 권유했다.

강유는,   할 말을,   잃었다.

"..

....

....

............................."

지금 『구라 삼국지』 1권을 막 읽기 시작한 사람들은 모를 거다. 이렇게 나라가 망해 자빠지는 줄을!!! 강유도 나도 <u>말문이 막힌다.</u>

말문 막힘 추가 구라 _ 우리는 언제 말문이 막히는가? 거짓말했다 들통났을 때 말문이 막힌다. 상상할 수 없었던 일이 생겼을 때 말문이 막힌다. 믿었던 놈에게 사기당했을 때 말문이 막힌다. 내가 안 그랬는데 지가 그래놓고 내가 그랬다고 덮어씌울 때 말문이 막힌다. 경기도 퇴촌에 살 때 남한산성 길을 지나다니다가 꼭 사고 싶은 집이 있어서 안 팔겠다는 걸 공들여서 주인 마음을 겨우겨우 돌려서 팔겠다는 승낙을 받았는데, 나랑 같이 다니던 놈이 그 땅 샀을 때 말문이 막히더라. 3,000만 원 주고 산 놈이 몇 달 뒤 나한테 1억 2,000만 원에 사라고 할 때 말문이 막히더라. 이쯤에

서 일방적으로 『구라 삼국지』를 읽지만 말고 내가 언제 말문이 막혔는가
책 덮어놓고 생각해보자. 말문 막히게 해서 나를 곤경에 처하게 했던 놈이
있었다면 욕 한번 하고 지나가자. 발씨! 어릴 때 친구들이 모였다. 한약재
상을 하는 친구가 나에게 "유성아, 너 버스회사 사장 누구 알지?"

"응, 알어."

"너 걔 한번 찾아가봐라."

"왜?"

"걔가 국회의원 나간대."

"그래서?"

이 친구가 '국회의원'이라는 말에 어찌나 힘을 주고 말하던지 '구쾌의
원'으로 들렸다.

"국회의원 나가는데 내가 걔를 왜 만나?"

"우리 친구 중에 처음으로 구쾌의원 나가는 거잖아! 그러니까 네가 만
나봐!"

같이 있던 다른 친구들이 "야, 국회의원 나가는 놈이 유성이를 만나러
와야지 유성이가 걔를 왜 만나러 가아?"

"구쾌의원 나갈 애가 유성이를 어떻게 만나러 와? 바쁠 텐데!"

"야, 임마! 유성이는 안 바쁘냐?"

"구쾌의원 나오니까!"

구쾌의원, 구쾌의원하면서 나보고 만나보라는 거다. 만나서 뭘 하냐니

까 네가 가서 도와주겠다고 말하라는 거다. 그날 밤 그도 취하고 나도 취했다. 구쾌의원 이야기 때매! 그 친구는 끝까지 내가 가서 만나야 한다는 것이고, 나는 같은 지역구도 아니고 내가 가서 무슨 말을 하느냐로 논쟁을 했다. 했던 말 또 하고 또 하고 또 해서 술판은 개판이 됐다. 구쾌의원이 된 것도 아니고, 나간다는데 왜? 그렇게 '우리 친구 중에 구쾌의원 나가잖아.'로 거품을 무는지 말문이 막혔다.

이런 일도 있었다. 미국 출장 가서 미국 관계자를 만나 서류에 막 사인하려는데 걸려온 휴대폰 벨소리! 띠리리!

"김 대리님이세요? 여기 회산데요."

내가 로밍해오길 잘했지! 세상 참 편리해졌어!

"네, 제가 김 대립니다." 하고 하는 일이 잘됐다고 보고하려는데 "회사 망했어요."라며 전화 뚝!

사람이 살다보면 어이가 없어서 말문이 막히는 경우도 있고 맛있는 상추쌈 입에 집어넣고 입을 씰룩거리며 두어 번째 씹는 순간 상대방이 말을 걸어올 적에도 막히고, 한참 말하려는데 휴대폰 배터리가 다 떨어져 막히는 경우도 있지만, 이번에 말하려는 것은 정말 말문이 막히는 정도가 아니라 말도 못하고 울지도 못하고 그냥 돌아설 수도 없는 경우였다.

유럽 여행 중에 파리에 머물고 있을 때였다. 여기서나 거기서나 내가 가는 곳엔 사람들이 많이 모였다. 집에는 여행 중에 알게 된 배낭족이 여러 명 와 있었다. 몽마르트 근처에 있는 선배를 만나고 숙소로 돌아오는 중에 정육점에 들렀다. 삼겹살을 좀 사다 구워먹어야지! 정육점에 들르니 맛있는 게가 있는 거다. 파리에선 정육점에서 게도 판다. 게가 네 마리 있었다.

게 네 마리를 몽땅 사서 수박 싸는 것보다 촘촘하게 짜인 그물에 넣어가지고 룰루랄라 집으로 돌아오며 생각해보니 숙소에 있는 아해들이 먹기에 네 마리는 좀 모자랐다. 그래서 숙소 근처의 정육점에 들렀는데, 그곳에서도 똑같은 게를 팔고 있었다. 정육점 주인은 다른 손님이랑 말을 하는 중이어서 내가 게 여섯 마리를 그물에 집어넣고 얼마냐고 물어봤다.

내가 영어를 아나? 불어를 아나? 중국어를 아나? 그냥 계산대 앞에 가서 산 물건을 내보이니, 주인이 계산기에 내가 낼 금액을 찍어서 보여주었다. 보통 때 같으면 계산기에 찍힌 숫자대로 돈을 내고 싱긋 웃으면서 나오면 상황 끝인데 여기서 문제가 생겼다. 정육점 주인이 내가 먼저 들고 온 게 네 마리 값을 같이 계산기에 찍은 거다. 합이 열 마리!

"아저씨, 뭔가 오해를 하셨나 본데! 이건 저기 몽마르트 쪽 정육점에서 내가 사온 거고 여기선 여섯 마리만 산 거예요."

이렇게 말하고 싶었지만 불어로 1, 2, 3, 4도 모르는 내가 어찌 그 긴 문장이 입에서 나오겠는가! 처음에는 내가 먼저 사온 게 네 마리를 손가락으로 가리키며 이건 여기서 산 게 아니고 저기서 사온 거다, 여기 껀 여섯 마리다. 하하! 주인은 내가 농담하는 줄 알고 내 그물 안에 들어 있는 게와 방금 집어넣은 게를 하나 둘 세더니 열 개 맞잖아! 하는 거다. 이게 통빡으로 아는 거지 내용이야 다 알 수가 없지! 미친 척! 여섯 마리 값을 냈더니 다시 한번 계산기를 가리키며 네 마리 값을 더 내란다. 말문이 막혔다. 정말이지 불어를 할 줄 몰라 게값을 더 물었다. 발씨! 같은 바다에서 같은 날 잡아온 게를 수산물센터에서 이 동네 정육점마다 공급해주니 게 모양이 똑같고 담아주는 그물도 똑같아서 정육점 주인이 착각했다고 입장 바꿔 생각해봐도 게 네 마리 값은 누가 보상해주나? 앞으로 넘어져서 옆으로 기어갈 일이다.

강유네 장수들도 후주가 항복했다는 소식을 듣고 속이 부글부글 끓어 가슴에선 개구리 우는 소리가 나고 눈에선 파란 불길이 훨훨 타올랐다. 군사들이 머리를 풀어헤치고 칼을 들어 앞에 있는 바위를 치며 통곡을 해대니 울산바위 같던 큰 바위가 반나절 만에 명사십리 모래알만 해졌다.

"우리들은 목숨을 바쳐 싸우려 했는데 폐하께서 먼저 항복하시다니!"

"우리에겐 죽음밖에 없다. 나가 싸우자."

"황호 놈을 갈아마시자."

"윗대가리들 하는 짓이 밤낮 왜 이 모양이냐?"

한참 울던 강유가 제일 먼저 정신 차리고 "걱정들 마라. 내게 한실을 회복할 계책이 있으니."

강유는 장수들에게 계책을 쥐새끼들이 들을세라 나지막이 설명해줬다. 잠시 후 성 위에 항복하는 깃발이 올라갔다. 동네초등학교 운동회에서 5학년, 6학년 때 반대표로 2년 연속 달리기 선수를 했다고 자랑하던 군사에게 빨리 달려가 종회에게 항복하겠다는 말을 전하라고 시켰다. 종회는 항복하러 오는 강유네 일행을 반겨 맞았다. 서로 절하고 종회는 강유를 <u>상석</u>에 앉혔다.

바로 배워서 바로 써먹는 중국어 한마디! 중국어로 '빨리빨리'란 말은 '快快. [kuàikuài(r)]'입니다.

<u>상석 추가 구라</u> _ 중국 음식점에 가면 둥근 테이블이 있는데 맨 안쪽이 상석이다. 대개는 그날 초대한 사람이 각자의 자리를 정해준다. 중국 가서 중국 사람들의 초대를 받았을 때는 아무 데나 털썩 앉지 말자.

하지만 내 후배 광찬이는 자기가 사람들을 초대해놓고도 룸살롱에서는 절대로 상석에 앉지 않는다. 상석에는 기필코 다른 사람을 앉히고 자기는 가장자리에 앉는다. 그 이유를 물었더니 여자 파트너들이 들어오면 교통정리를 해주어야 한다는 거다.

"아가씬 저쪽으로, 옆에 아가씬 저기 양복 입은 아저씨한테!"

뭐 이런 식인데 이게 왜 그러느냐? 마음에 드는 아가씨가 생기면 자기 옆으로 앉히기가 좋다는 거다. 일단 자기 마음에 드는 아가씨는 그대로 놔둔 채 다른 아가씨들의 자리를 전부 배정해준 뒤에 제일 마지막에 그 아가씨에게 "아가씬 내 옆으로!"라고 말하기에 좋다는 거다. 만약 상석에 앉으면 마담이 정해주는 파트너를 옆에 앉혀야 되기 때문에 선택권이 없다는 거다. 또 하나 좋은 점은 일행 중에 마음에 안 드는 인간에게는 제일 외모가 떨어지는(?) 아가씨를 앉게 한다나 어쩐다나! 더불어 이렇게 하면 자기는 기분이 좋아져서 술이 잘 들어간다는 거다.

광찬이는 이어서 나이트클럽에 갈 때도 나름의 전략이 있다. 다른 친구들은 플로어 앞이 좋은 자리인 줄 알고 그쪽에 자리를 잡는단다. 하지만 자기는 화장실 들어가는 입구 근처에 자리를 잡고 앉아서 화장실에 가는 여자애들 중에 마음에 드는 괜찮은 여자가 있으면 살짝 한마디 한다는 거다.

"아가씨! 화장실 갔다 올 때 할 말이 있으니까 잠깐 내 자리에 들러."

이렇게 말해놓으면 이 아가씨는 화장실에서 볼일 보면서 곰곰이 생각한다는 거야.

'저 사람이 왜 자기 테이블에 들르라고 했을까?'

그 아가씨가 광찬이 자리에 와서 "왜요?" 하고 물어보면 "마음에 들어서 같이 놀자구!"라고 말하면서 거래를 튼다는 거다. 정말 고수다. 또 하나 이 친구의 노하우. 마음에 드는 여자를 길거리에서 헌팅한 후 그 여자의 친구를 따돌리는 법! 고전적인 방법인데 요즘도 먹힐랑가? 셋이 잘 걸어가다가 네거리가 나오면 그 친구한테 "넌 어디로 갈래? 우린 이쪽으로 갈 건데!"

이렇게 말하면 "전 제 친구랑 같이 갈래요."라고 말하는 친구는 거의 없다는 게 그의 말이다. 처음 들었을 땐 참신하다고 생각하고 나도 써먹어야지! 했는데 써먹은 기억이 별로 없는 것 같아 아쉽다.

그날 술좌석에서 강유는 종회에게 "장군께서는 회남 싸움 이래 계획하신 대로 일이 되니 사마씨가 오늘날 번성한 이유는 오로지 장군의 능력이란 걸 알고 있습니다. 해서 이렇게 장군님께 고개를 숙였소이다. 만약 등애라면 죽기를 각오하고 한판 붙어보겠습니다."

"네?"

"제가 투항한 뜻을 아시겠습니까?"

"……음……알고말고요."

종회는 자기를 알아주는 것에 감복해서 화살을 꺾어 맹세하고 의형제를 맺었다. 둘은 서로를 껴안으며 "형!"

"아우!"

바로 배워서 바로 써먹는 중국어 한마디! 중국어로 '형'은 '哥哥 [gē ge]', '동생'은 '弟弟 [dì di]'입니다.

사나이끼리 '형—동생'하면 친해지는 속도가 무진장 빨라진다. 물어보지도 않은 가족관계, 혈액형, 첫사랑 이야기를 서슴없이 털어놓고 오늘은 간을 꺼내 안주 삼고 내일은 쓸개를 꺼내 반찬을 삼는다.

● 구라 심리학 _ 남성들은 여성들에 비해 큰 무리를 지어 노는 것을 선호하는 반면, 여성은 짝을 짓거나 적은 수의 집단을 이루어 노는

것을 좋아한다. 또한 남성들은 자신들이 속한 집단의 구성원이 많으면 많을수록 긍지와 자부심을 갖게 되고 더불어 구성원들 간의 결속력이 강해지길 바라기도 한다. 그렇다면 구성원들 간의 결속력이 강해지기 위해서는 어떻게 하는 것이 좋을까? 이 세상에 혈육만큼 서로 믿고 의지할 수 있는 사람들이 있을까? 결국 남성들은 더 큰 집단을 이루고 결속력을 강화하기 위해 '의형제'를 맺고자 하는 것이다. 의형제를 맺는 것은 형님과 아우의 서열을 정하는 행위다. 남성들은 상하관계를 중요하게 생각하기 때문에 의형제를 맺는 것에 매우 익숙하다. 그러나 여성들은 상하관계보다는 평등관계를 원하기 때문에 상하관계를 지향하는 의형제를 잘 맺지 않는 경향이 있다.

종회는 강유가 전에 거느리던 군사들을 그대로 거느리니 강유는 속으로만 기뻐하며 칙사로 왔던 장현을 급히 성도로 보냈다.

한편 성도를 손에 넣은 등애는 사찬을 익주자사로 삼고 견홍과 왕기에게는 주군을 차지하게 했다. 이어서 면죽에 대를 쌓고 공을 세운 군사들에게 표창하고 촉에 있던 관리들을 모아 연회를 베풀었다. 술이 거나해진 등애는 "너희들이 나를 만났기 때문에 오늘이 있는 것이다. 만약 다른 장수들을 만났다면 너희들은 모두 전멸되고 말았을 것이다. 그냐? 안 그냐?"

"옳소."

"맞습니다."

자, 박수, 뜨거운 박수! 격려의 박수! 위로의 박수! 아부의 박수! 앙코르 박수! 노래 불러! 안 나오면 쳐들어간다, 쿵따라락딱~ 쳐들어왔는데 또 어딜 쳐들어가? 야 뽀이! 따이따이 예야! 야 뽀이 따아따아예~ 여기 중학생 엠티장이냐? 줌가리 가리가리 중대가리 박박~ 너 오늘 2차 되냐? 여기 안주 한 사라 더!

● 구라 심리학 _ 하고 싶은 마음이 굴뚝 같아도 보통 사람들은 낯 뜨거워서 자화자찬을 하지 못하는 경향이 있다. 그런데 남들이야 흉을 보건 말건 자화자찬을 하는 사람들이 종종 있다. 적당한 정도의 자화자찬이야 그리 크게 문제될 것이 없지만 아주 심한 지경에 이르렀을 때는 일종의 반사회적 성격장애로 분류할 수 있다. 이런 사람들은 지나치게 자기중심적이고 이기적인 성향을 보인다. 즉 자신밖에 모르는 사람들인 것이다. 더욱 심각한 사실은 이런 사람들이 자신의 행동을 전혀 잘못된 것으로 생각하지 않는다는 것이다. 따라서 자신의 행동으로 인한 수치심, 죄책감 등을 전혀 느끼지 않는다. 결국 일반인들이 생각하기에는 '어쩜 사람이 저렇게 낯이 두꺼울까!'라고 생각하지만 사실 이런 사람들은 자신의 행동에 전혀 문제가 없다고 생각하기 때문에 아무런 수치심도 느끼지 않는다.

장현이 도착해 강유가 종회에게 항복한 소식을 전하니 "내가 아니고 왜 하필이면 종회에게?"

등애는 못마땅하다. 날이 밝자 등애는 사마소에게 자신의 <u>도장</u>이 찍힌 편지를 보낸다.

도장 이야기 추가 구라 _ 중학교 1학년 때 처음으로 내 도장을 갖게 되었다. 지금은 주민등록증이 나오면 어른이 된 것 같은 기분이 들지 몰라도 그 당시에는 내 막도장 하나 가지는 일로도 어른이 된 것 같은 기분도 들었고 어른으로서의 책임감도 생기는 것 같았다. 이름은 빨간 글씨로 쓰면 죽은 사람이라고 해서 빨간 글씨로 안 썼는데 왜 도장밥 인주는 빨간색일까? 이상하다? 잠깐 생각해보긴 했지만 내 이름이 새겨진 도장 하나 가지고 있는 건 정말 신나는 일이었다. 하지만 중학생 때 도장 찍을 일이 뭐가 있겠는가? 그러니 아무 데나 막 찍고 싶었다. 도장 찍을 일이 별로 없어서 내 책, 내 공책, 내 운동복에 빨간 인주로 찍어댔다. 그때쯤 담임선생님인가 누군가로부터 미국에서는 도장 대신 사인을 한다는 이야기를 들었다.

'야, 웃긴다. 도장 대신 사인을 한다는 게 웃긴다. 그럼 아무나 사인 연습 해가지고 가면 되겠네!' 나중에 좀 더 커서 도장보다 사인이 위조하기 더 어렵다는 것을 알게 됐지만 그때는 그게 이해가 되지 않았다.

나중에 친구 일 때문이던가? 지금 서부역 자리에 도장 새기러 갔던 적이 있었다. 거기 가면 도장을 싸게 새겨준다는 건데 나중에 알고 보니 위조 서류에 도장 찍는 일이 있을 때 그곳에 가서 도장을 만들어 가지고 온다는

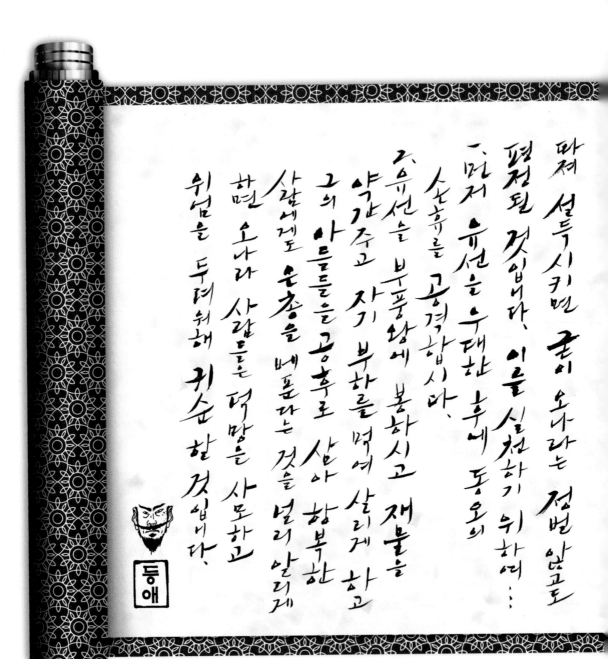

따져 설득시키면 굳이 오나라는 정벌 않고도

평정될 것입니다. 이를 실천하기 위하여...

먼저 유선을 우대한 후에 동오의

손호를 공격합시다,

유선을 부풍왕에 봉하시고 재물을

약간 주고 자기 부하를 먹여 살리게 하고

그의 아들들을 공후로 삼아 항복한

사람에게도 은총을 베푼다는 것을 널리 알리게

하면 오나라 사람들은 덕망을 사모하고

위엄을 두려워해 귀순할 것입니다.

등애

장수란 명령을 엮어야 장가가 받휘
된다고 생각합니다. 이제 촉을 평정한
여세를 몰아 吳를 토벌함 좋은
시기가 되었습니다. 허지만 지금은
큰 싸움을 치른 뒤라서 아우(?)들이
피로에 지쳐 있습니다. 즉, 지
잠하기가 어렵다는 이야기입니다.
먼저 우리군사 2만과 촉군사 2만명으로
소를 굽고 병기를 만들며 배를 만들어
장강으로 내려갈 만반의 순비를 마치고
사절을 파견하여 이해득실(정을 주면을 을

걸 누군가에게 들었다. 누가 취직을 하려는데 졸업증명서가 없어서 졸업증명서에 찍을 도장을 거기 가서 팠다는 거다. 가서 길거리에 서 있는 어떤 사람한테 이런 도장이 필요하다고 말하면 몇 시간 뒤에 오라고 해서 가면 떡하니 도장을 파놓았더란다. 맞어, 나도 그런 거 필요하면 거기 가서 도장 파면 되겠구나, 생각했던 것 같다.

세월이 흐르면 남의 일이 내 일 같고 내 일이 남의 일 같고 들은 얘기가 내 얘기 같은 게 한두 가지가 아니다. 나랑 같이 들은 이야기를 지가 했다고 우기는 동창도 만나게 되고! 거 세월이 뭔지! 허허! 참!

어쨌든 작은 나무에 이름을, 그것도 한자를 뒤집어서 새긴다는 게 여간

격세지감을 느낀다. 한글 세대 도장 장인의 탄생이다. 한글만 팔 줄 안다는 사람 처음 봤다.

어려운 일이 아니었을 거다. 학교에서 파해서 집으로 돌아오다 어쩌다 도장 새기는 집 앞을 지나다 도장 파는 일을 보면 아저씨가 조각칼로 도장 파다가 왜 못 보게 하고 가라고 손을 내저으셨던가요? 조각칼로 도장나무에 글자를 새기며 후후 불던 모습은 참 좋은 묘기대행진 구경거리였는데!

몇 해 전 이천세무서에 갈 일이 있어 갔다가 이천세무서 앞에서 막도장이 필요해서 도장을 파러 갔더니 도장 파는 사람이 의외로 젊은 주인이었다. 나이가 삼십사오 세쯤? 내가 물었다.

"도장 팔 때 한글로 파는 거랑 한자로 파는 거랑 어떻게 차이가 나요?"

"아, 저는 한자는 팔 줄 몰라요."

격세지감을 느낀다. 한글 세대 도장 장인의 탄생이다. 한글만 팔 줄 안다는 사람 처음 봤다.

등애의 편지를 읽은 사마소는 "큰일을 하긴 했지만 이거 너무 지 멋대로 하는 거 아냐? 많이 컸구나."

좀 크면 안 돼? 크고 나면 큰 대우를 해주면 되는 걸 가지고 개구리 올챙잇적 생각 못한다는 말로 아랫것들을 씹는다. 올챙이 때 생각만 하면 그게 올챙이지 개구리가 아니지 않은가!

사마소는 답장을 써서 위관(衛瓘)에게 보내고 뒤를 이어 등애를 태위에 봉하는 천자의 조서를 내렸다.

천자의 조서를 다 읽은 등애는 차 한 모금을 마신 뒤 위관이 내민 사마소의 답장을 읽어본다. 결론은 천자의 재가를 받기 전에는 함부로 자신의 계획을 시행하지 말라는 거다. 등애는 남아 있던 찻잔을 비운 뒤 "장수는 외지에 있을 때 군명을 받지 못할 수도 있다는 옛말도 있다. 내가 이미 조칙을 받들고 정벌을 전담한 이상 나의 행동을 —지들이— 어떻게 막을 것인가?"

조서

정서장군 등애는 적진에 깊이 들어가
천자 스스로 몸을 결박 짓고 항복하게 했다.
이는 등애의 탁월한 지휘로 군사들이 때를
놓치지 않고 잘 싸웠기 때문이다.
등애를 태위에 봉하고 식읍(食邑) 2만 호를
내리며 두 아들도 정후를 삼고
각각 1천의 식읍을 내린다.

— 천자 —

다시 편지를 써서 낙양으로 후루루룩 보냈다. 조정에서는 벌써 등애가 반드시 딴마음을 품고 있을 것이란 소문이 돌고 있었다. 여러 해를 두고 싸워오던 촉을 평정하기는 했지만 그 대신에 정벌 나간 등애가 반기를 들면 국가에 다시 우환이 생길 우려가 있으므로 사마소는 마음에 번민이 생겨 잠을 못 이룰 지경이었다. 그때 등애가 또 편지를 보냈단다. 아침 밥상머리에서 편지를 읽어본 사마소는 밥맛이 뚝 떨어진다.

저 등애는 서쪽을 정벌하라는 명령을 받고 악(惡)을 물리치는 임무를 마치고 곧바로 백성들에게 너덜은 걱정 말고 있으라고 해놨습니다. 만약에 나라의 명을 받아서 일을 시행하면 세월만 까먹는 일인 거 같습니다. 『춘추』라는 책에선가 '나라 밖의 장수는 나라를 위한 일이라면 전권에 의해 일을 처리해도 좋다.'는 문구를 보고 밑줄치며 외웠던 기억이 납니다. 춘추 맞지요? 아닌가? 하여튼 그 말은 있잖아요? 아직 동오는 굴복하지 않고 촉과 친하게 지내고 있사오니 절차에 얽매어 시기를 놓치면 안 되는 것도 알고 계시겠지요? 나라에 이익이 되게 할 터이니 이번 일은 제가 하는 대로 놔두십⋯⋯⋯시오.

2

특권의식을 가진 자들이 운운하는 것들

- 드디어 시작됐다, 서로를 망하게 하는 내부의 질투

사마소가 "어허! 이놈 봐라! 가충을 불러라."

가충이 해장으로 시래기국밥 먹다 말고 달려오니 "이거 한번 읽어봐라. 등애가 전쟁에서 공을 좀 올렸다고 오만해졌다. 임의로 일을 하려 하니 어찌해야 좋겠나?"

"주공께서는 어째서 종회를 봉하여 등애를 견제케 하지 않으십니까?"

"그래 맞다. 아침은 먹고 왔냐?"

가충이 "아직! 식사 전입니다."

"밥 먹기 전에 할 일이 있다."

진서장군 종회는 가는 곳마다
적군을 굴복시켜 맞서 싸울 만한
적이 없다. 여러 성지를 빼앗으며
도망하는 무리를 놓치지 않았다. 슬략
그대를 사도로 삼고 현후에 봉하고
만호의 식읍을 준다. 아들 두 사람도
정후를 봉하고 각각 식읍 천호씩을
더한다. 좋아?

"네, 분부만……!"

사마소는 조칙을 보내 종회를 사도(司徒)로 삼고 등애의 변절을 살펴서 방어하라는 추신을 달았다. 종회가 조칙을 뜯어봤다.

종회는 조서를 받고 강유를 청하여 물었다.

"등애는 공이 내 위에 있다고 해서 태위의 직에 봉했소이다. 근데 사마 공이 등애가 반역할 뜻이 있는 것 같다고 의심하며 나에게 조칙을 내렸소이다."

"뭐라고요?"

"그를 제거하라는 건데, 당신의 고견을 듣고 싶소이다."

"듣건대 등애는 출신이 미천해서 농가에서 소 새끼를 치다가 얼레벌레 음평 험로에서 나무등걸을 붙들고 산벽을 기어 올라가 대공을 이룬 거지 특별히 작전이 좋았던 게 아니오. 말이야 바른말이지 우리나라가 망할 때가 돼서 망한 겁니다. 그냥 놔둬도 망하는 건데 마침 등애가 온 거지요."

"아, 그렇습니까?"

"지금 촉주를 부풍왕으로 삼겠다는 건 촉의 인심을 사려는 거 아니겠습니까? 하하."

"물 한잔 드시지요."

"됐습니다."

강유가 계속해서 "내 눈에도 보이는데 진공 눈에 안 보이겠습니까? 진공이 의심하는 건 당연하지요."

종회는 자기보다 머리가 나쁜 놈이 먼저 샛길로 성도를 쳐들어간 것에 대해 깊은 원한을 품고 있었으므로 강유의 말이 과음 끝의 청진동 해장국처럼 시원하다. 캬!

강유가 "좌우를 물리치시지요."

아줌마 여기 장아찌 추가 구라요! _ '좌우를 물리치시지요.'라는 말은 사극에서 참 많이 나오는 대사다. 좌우를 물리쳐달라고 할 때 물리쳐지는 좌우 사람들의 심리 상태가 궁금하다. 아니, 저게 나를 내보내고 둘이서 무슨 말을 하려는 거야? 날 졸로 보는 거잖아! 분명 물리쳐져서 나가는 사람들이랑 웬수지간이나 뭐 이런 거 비스므레한 게 될 텐데!

현대 사회에서도 이런 게 통용되는지 궁금하다. '좌우를 물리치시지요.'는 요새 말로 하면 '저 사람들이 이 말을 들으면 안 되니까 다 내보내고 단둘이 이야기 합시다.' 라는 말과 같은 건데 말이야. 나가는 사람 기분 상하지 않게 하는 다른 방법이 있을 텐데! 그럴 땐 뭐라고 말해야 하나?

● 구라 심리학 _ 여러 사람들 속에 파묻혀 살아가다보면 상대방의 행동 하나하나에 서운한 감정을 갖기도 하고, 종종 원한을 품기도 한다. 그러나 상대방의 행동으로 인해 불편한 심정을 갖게 되었다고 자신의 불편한 심기를 그대로 드러내는 것도 바람직하지 않다. 같은 푸대접을 받고서도 어떤 사람은 태연하게 행동하는 반면, 어떤 사람은 불편한 심기를 그대로 드러낸다. 어떤 차이일까? 잠시 자리를 피해달라고 상대가 요구할 때, 나에게 초점을 두지 말고, 나의 직책에 초점을 맞추는 것이 좋다. 즉, '저 사람이 내가 아닌 부하직원이 없기를 바라고 있다.'라고 생각하면 자존심이 상하지 않는다는 이야기다.

LA 이야기 추가 구라 _ 아주 오래전에 LA에서 나이트 클럽 사회를 보던 후배에게 들은 이야기다. 어느 날 미국에 온 지 얼마 안 되는 건달들이 떡대가 큰 여러 명의 아해들을 데리고 와서 사장을 좀 만나고 싶다고 했다. 사장이 웨이터들과 함께 그 건달들을 사장실에서 만났다. 나이트클럽 사장도 만만찮은 인간이다. 사장이 책상 앞에 앉고 뒤에 웨이터들이 서고 찾아온 건달들은 문 쪽에 섰다. 영화에서 흔히 보는 장면을 연상해보라.

사장이 "누가 보슨가?"

한 놈이 손을 들며 "내가 보슨디."

"하고 싶은 말은?"

"우리 선배가 하는 술 도매상의 술을 써주시오."

사장이 두말 않고 백지를 꺼내 "술 도매상 이름이 뭐요?"

"뭐시기라고 하요."

"알았소. 내가 당신이 찾아온 성의를 봐서 3년 동안 뭐시기 도매상 술을 써주겠소."

말 한마디에 3년을 보장하겠다는 각서를 바로 써주니 찾아온 녀석들의 눈이 반짝 빛난다. 더 이상 할 말이 뭐가 있겠나?

"됐소?"

"고맙소이."

"더 이상 할 말은?"

"응, 저…… 우무을쭈무을."

이때 사장이 옆에 서 있는 떡대들을 가리키며 "애들을 뒤로 물리시오."

보스가 오른손을 들어 까딱하니 떡대들이 뒤로 한발짝 물러서더란다. 사장이 속으로 '야, 이것 봐라. 손 한번 까딱하니까 떡대들이 뒤로 물러서네! 나도 해봐야지.'

사장도 손을 들어 똑같은 동작으로 오른손을 들어 웨이터를 향해 까딱했대! 그런데 이 녀석들이 뒤로 물러나야 폼나게 보이는 건데 웨이터장이 되레 앞으로 한 걸음 나오더니 "사장님, 뭐라구요?"

스타일 구긴 거다. 웨이터와 조폭의 인식 차이지! 까딱! 뒤로 물러서! 까딱! 어이, 여기! 이렇게 같은 한국 사람이라도 다르게 행동하는 거다. 그 다음 이야기가 더 있는데, 어때? 구라 더 풀어도 되지? 각서를 써준 뒤 더 이상 할 말 없는 떡대들이 애매하게 서 있는데 사장이 물었단다.

"혹시 칼 같은 거 가지고 왔습니까?"

씨익! 보스가 웃으며 다시 한번 오른손을 들어 까딱하니 이놈들이 가지고 온 칼을 보여주는데 사시미 칼 두어 개가 나오고 한 놈이 등 뒤에서 긴 닛폰도를 뽑아들더라는 거야. 목적 달성했으니 뭔가 보여주고 싶었겠지! 칼을 다 꺼내자 사장이 책상 서랍에서 권총을 꺼내 바로 천장을 향해 '탕!' 쏜 거야. 아닌 대낮에 천둥치는 소리를 들었으니 흠칫 놀라는 놈, 눈알에서 기운 빠지는 소리 피이~ 나는 놈, 눈이 동그란 채로 굳은 놈! 바지에 오줌지린 놈! 갖은 형상으로 서 있는 놈들을 향해 사장이 "야, 이 새끼들아! 여긴 미국이야, 칼 가지고 되겠냐? 권총 앞에서!!! 손들어, 이 새끼들아!"

하나 둘 눈치를 보는데 다시 한번 "탕!"

"손 안 들어?"

이 자식들이 한 동작으로 손을 번쩍 들더래! 한참 침묵이 흐른 후 그래도 보스란 놈이 제일 먼저 정신을 차리고 땀을 삐질삐질 흘리며 조심스럽게 비굴이 잔뜩 묻어나는 억양으로 손을 든 채 오른손 두 번째 손가락으로 권총을 가리키며 "그 총 얼마 주고 샀소?" 하고 총이 갖고 싶은 듯 부러운 듯 물어보더래! 잠시 후 총소리를 듣고 미국 경찰이 정말 총을 앞세우고 우르르 들어와 보스 이하 사장까지 모조리 경찰서로 연행됐고 사장은 저놈들이 칼을 가지고 와서 공갈쳤으니 정당방위! 저놈들은 칼까지 다 뺏겨 현장범으로 체포되어 미제콩밥을 —설마? 미제콩밥을???— 먹었대!!! 사장이 잔머리를 굴린 거지. 총소리를 듣고 경찰이 달려오도록 한 거지! 놈들은 미국에 온 지 얼마 안 돼 실정도 모르고 까불다가 콩스테이크 먹게 되었다는 이야기올시다.

종회의 손가락 까딱 한 번으로 좌우가 좌우로 물러나자 강유는 소매 속에서 지도 한 장을 꺼낸다.

"옛날 제갈무후께서 초려에서 나올 때 유비 선제께 드렸던 지도올시다. 무후께서는 이 지도를 드리면서 '익주에는 비옥한 땅이 천 리에 뻗쳐 있으니 백성이 번성하고 나라가 부강할 꺼다.'라고 말씀하셨습니다."

"오호!"

"선제께서 성도를 도읍으로 정한 이유가 바로 그 때문입지요. 그런 성도를 등애가 손에 넣고 있으니 미치고 팔짝 뛸 일이 아니겠습니까요."

지도를 받아든 종회는 지도를 일일이 짚어가며 산과 강의 형세와 가까운 숙박업소 등을 상세히 묻고 밑줄을 쳤다.

"등애를 없앨 계책을 듣고 싶소."

"진공이 등애를 의심하는 틈을 타서 표문을 올려 등애가 반란을 일으킬 거라고 말씀하십시오. 진공의 답장이 오면 읽어보나마나 장군에게 등애를 토벌하라 할 것이오. 그때 단번에 등애를 흐흐 사로잡으면 흐흐 될 것입니다. 흐훗흐."

종회는 강유의 <u>족집게</u> 계책을 받아들여 등애가 전권을 행사하고 촉나라 사람들과 결탁하니 조만간 뭔 일이 날 것이란 표문을 날린다. 날아온 표문을 읽고 발칵 뒤집힌다. 또 한편으로 등애의 표문을 빼앗아 등애의 필적을 모방해 오만방자한 내용의 위조된 표문을 올렸다.

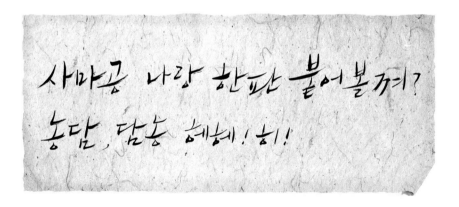

<u>족집게 추가 구라</u> _ 요즘은 남을 흉내내는 게 개인기의 대명사처럼 되었다. 예전에 개인기라는 말보다는 '장기'라는 말로 사용했는데 언제부턴가 개인기란 말이 되었다. 말 그대로 개인기하면 개인의 기술, 즉 '남들이 못하는 기술 혹은 남들보다 잘하는 기술'일진대! 성대모사하는 것만 개인기처럼 되었다.

예전에 〈묘기대행진〉이란 이름의 텔레비전 프로그램이 있었다. 그때 나온 사람들이 지금으로 말하면 개인기의 달인들이었다. 비가 오려 하면 장대를 들고 얼른 뛰어나가 한 번에 100여 장씩 빨랫줄에 걸린 빨래를 걷는 가출소년 출신 염색집 직원, 전국에서 팔씨름을 제일 잘하는 고등학생이라고 소개되어 출연했던 〈네로 25시〉의 침묵니우스 손경수(아는 사람은 안다), 의자 세 개를 나란히 놓고 그 위에 누워 가운데 의자를 뺀 다음 머리와 발끝으로 오랫동안 버티다가 배 위에 한 사람을 올려놓고 버티기를 하던 개그맨 출신 작가도 있었다. 또 오랫동안 기억나는 할아버지가 계신다. 그때는 마술이 한물 간 시절이라 마술하던 사람도 드물었고 마술사들의 일자리도 별로 없었다.

할아버지 마술사가 나와서 물 없는 컵에서 물도 나오게 하고 입안에 톱밥과 불씨를 가득 집어넣고 입으로 공기를 내뿜으면 톱밥 연기가 입으로 나오다가 나중에 입안에서 테이프를 뽑아내던 묘기, 마지막으로 하얀 종이를 접었다가 다시 펴면 돈이 나오는 마술이었다. 그 후로 〈묘기대행진〉은 이름을 바꾸어 〈진기명기〉라는 프로그램으로 제작되어서 귀로 역기 드는 사람, 훈련된 개와 출연한 개 선생님(개 선생? 뭔가 이상하네!) 뭐든지 던지면 입으로 받는 사람, 통할아버지 등이 등장해서 스타가 되곤 했다. 이분들을 섭외해서 진기명기라는 가게 이름으로 쇼를 하면 웬만한 가수가 나오는 라이브카페보다 손님들이 많이 올 텐데!!! 왜냐하면 진기명기 프로그램의 시청률이 높았기 때문이다. 가수나 개그맨이 나와야만 쇼가 된다는 고정관념을 깰 수 있는 새로운 형태의 라이브 공연장이 만들어질 거다. 쇼가 시작되면 무대 뒤에서 머리로 축구공으로 헤딩을 하는데 쇼 시작부터 끝나는 약 한 시간 반 동안 계속 그걸 하는 거야. 앞에서는 다른 사람들이 자신들의 묘기를 보여주고 축구공이 바닥에 떨어지면 그날 술값은 안 받는다는 광고를 내면 아마 손님들이 인산인해를 이룰 거야. 그때쯤 실수인 척 축구공 한번 떨어뜨려 공짜로 술을 마시게 해주면 입소문을 타고 장사가 대박이 날 텐데!

　장사 초보자들은 낮손님을 끌기 위해서 음식을 할인해주는 경우가 더러 있다. 초보자들이 흔히 저지르는 실수다. 그 정보를 듣고 오는 사람들이 물론 있다. 하지만 전문가들은 그런 걸 좋아하면 안 된다고 충고한다. 낮에 할인한 가격으로 싸게 먹은 사람이 밤에 와서 비싼 돈 내고 안 먹는다는 거다. 같은 실내장식, 같은 종업원인데 밤에 비싸게 먹을 사람이 없다는 거다. 손해 보는 느낌이 나기 때문에 절대로 할인권을 돌리지 말라는 거다. 차라리 낮에 오는 손님에게 서비스로 맛있는 반찬을 하나 더 주든지 기념품을 하나 더 주는 게 장사에 도움이 된다는 거 잊지 마시라!

등애의 표문을 받아 읽어본 사마소는 크게 노하여 즉시 사람을 종회에게 보내어 등애를 제거하라는 영을 내리는 한편, 가충에게 3만 군을 주어 야곡으로 들어가게 하고 자기는 위주 조환과 함께 친히 등애를 정벌하기 위해 길을 나섰다.

이에 서조연 소제(邵悌)가 말했다.

"종회가 거느린 군사가 등애보다 여섯 배나 많습니다. 종회를 시켜 등애를 사로잡아도 될 터인데, 직접 나가시는 이유가 궁금합니다."

"껄껄, 네가 전날 나에게 한 말을 잊었는가? 네 입으로 말하기를 종회가 반란을 일으킬 인물이라 하지 않았느냐? 내가 지금 나가는 것은 등애 때문이 아니라 종회 때문이다."

"잊지 않으셨군요. 절대 비밀을 누설하시면 안 됩니다."

먼저 나갔던 가충의 보고가 들어온다. 종회가 의심스럽다는 내용이다. 하지만 사마소는 시치미를 뚝 떼고 "그 따위 의심이나 하라고 너를 보낸 건 아니다. 장안에 도착하면 저절로 알게 될 꺼다."

종회네 정찰대가 진공의 대군이 장안에 도착했다고 보고를 하니, 종회는 당황해서 강유를 불러 등애를 사로잡을 계책을 상의한다.

강유는 "먼저 감군 위관에게 등애를 사로잡으라고 하시오. 등애가 위관을 죽이려고 하면 변란을 일으키고자 하는 마음이 있다는 증거입니다. 그때 장군께서 군사를 일으켜 등애를 토벌하면 될 것입니다."

종회는 무릎을 치며 위관에게 애들을 데리고 성도로 들어가 등애 부자를 거두라 일렀다. 위관이 나가려고 칼을 찾는데 출판사 영업담당 출신 부하가 위관에게 "사도 종회께서 정서장군 등애를 죽이려는 것은 지가 변란을 일으키려는 것이니 나가지 마십시오."

"안 들린다. 뭐라구? 다시 한번."

바로 배워서 바로 써먹는 중국어 한마디! '다시 한번 말해주세요.'
는 중국 말로 '再说一遍. [zài shuō yí biàn]' 입니다.

"내게도 생각이 있다."
위관은 떠나기 전에 30여 곳에 격문을 띄웠다.

조처을 받아서 등애를 거두는 것뿐이다. 나머지 장졸들은 불문에 부친다. 아무나 불문에 부치는 건 아니고 나한테 미리 오면 그렇다는 것이고, 오지 않고 버티다가 걸리면 삼족을 멸해 줄게! 어떡할래?
커닝 금지

격문을 먼저 보내고 죄인을 호송하는 수레를 두 대 준비해 밤새워 성도를 향해 달렸다. 닭이 울 무렵 등애네 부장들이 격문을 읽고 앞을 다투어 위관의 말 앞에 나와 베드로처럼 등애를 부인하며 절하고 무릎을 꿇었다. 늦잠을 자고 있던 등애는 우지끈 방문이 부서지는 소리에 부스스 눈을 떴다. 위관이 방문을 앞차기로 지르고 잠자리로 뛰어든 거다.

"조칙을 받들어 등애 부자를 체포한다."

"뭘 받들어?"

등애는 자다 말고 <u>침상</u>에서 끌려 내려왔다.

"이거 놔라."

"묶어! 그리고 수레에 실어."

옆방에서 잠을 자다 소란스런 소리에 뛰쳐나왔던 아들 등충도 포박당해 이동감옥 수레에 실렸다.

침상 추가 구라 _ 홍대 앞에 사는 후배 화가가 있었다. 잠자고 있는데 전화가 왔단다. 아들에게서 걸려온 전화였다.

"웬일이냐?"

"아버지, 저 경찰서에 있어요."

"왜?"

"음주운전하다가 걸렸어요."

"알았다, 금방 갈게."

잠자던 아버지는 벌떡 일어나 아들을 구하러 경찰서로 차를 몰고 달려갔다. 경찰서에 들어간 아버지는 아들을 찾았다. 아들이 저쪽 구석에 고개를 숙이고 찌그러져 있다가 아버지 목소리에 "아버지, 저 여기 있어요."

아버지는 옆에 앉아 있는 경찰에게 "저기 있는 놈이 내 아들인데 좀 봐주슈. 내가 지금 데려갈 테니까."

경찰이 "이 양반, 술 취했구만!"

"술 취하긴 뭘 취했다는 거요."

아버지는 아들 구할 생각에 깜빡한 거다. 자기도 술이 취해서 집에서 자다가 술 마셨다는 생각은 깜빡 잊고 음주운전을 하고 경찰서를 찾아왔던 거다. 둘은 나란히 음주운전으로 걸려서 벌금을 몇 백 물었다. 이 사람 음주운전 이야기 또 있다. 하루는 우리 집에서 파티를 하는데 새벽 1시쯤 노크소리가 들려서 문을 열었더니 경찰이랑 이 친구가 같이 서 있는 거다. 사연인즉, 술을 마시고 자다가 내가 우리 집으로 오라고 했던 말이 생각이 났다는 거다. 갈까말까 망설이다가 그래도 선배가 부르는데 안 갈 수는 없고 주섬주섬 옷을 입고 운전을 하고 오다 한남동에서 음주운전에 걸렸다는 것이다. 이 후배가 단속 나온 경찰 중에 제일 높아 보이는 사람에게 "당신 선배 있어? 없어?"라는 뚱딴지같은 질문을 던지니 그 경찰관이 "선배 없는 사람이 어디 있냐!"고 대꾸를 하더란다.

"당신, 말 잘했어. 선배가 오라는데 후배가 가야 될 꺼 아뇨?"

"그래도 음주운전은 안 되는데."

둘은 나란히 음주운전으로 걸려서
벌금을 몇 백 물었다.

"안 되는 거 누가 모르나? 그렇지만 선배가 부르면 후배가 당연히 가야 하는 거 아뇨?"

"당신 선배가 도대체 누군데 이 시간에 술을 마시고 운전해서 간단 말이오."

"개그맨 ○○○요."

"정말?"

"그럼 정말이지."

"정말이면 봐줄께." 해서 경찰을 데려왔단다. 개그맨이면 봐준다는 경찰도 웃기고 선배가 불렀다가 자다 말고 음주운전을 해서라도 가야 한다는 그 친구도 웃긴 거다. 어쨌든 둘은 꿍짝이 잘 맞은 거다. 그 후 두 사람은 친해져서 이후에도 우정(?)을 나누었다고 전해진다.

소문은 이른 아침부터 사방팔방에 퍼져 부중에 있던 장수들이 손에 각기 무기를 들고 맞서려 했는데 멀리서 사람들의 함성과 함께 뿌연 먼지가 이리로 달려오고 있었다.

좀도둑 출신 전령이 새파랗게 질려 종회가 대군을 거느리고 왔다는 말을 끝내기 무섭게 모두들 사방으로 흩어져 도망가버리고 말았다. 종회와 강유가 달려와 말에서 내려보니 이미 등애 부자는 붙잡혀 묶인 채로 수레에 실려 있었다. 종회는 등애 부자를 불러내 채찍으로 등애의 머리를 후려치며 "송아지 치던 어린애가 어찌 감히 모반을 한단 말이냐?"

강유도 한마디 거든다.

"요행히 험한 고개를 기어올랐다가 오늘날 네 꼴이 겨우 이런 거냐?"

사람들은 왜 타인의 성공에 대해 때론 박수를, 때론 시기를 하는 것일까? '송아지 치던 놈'이라거나 '누상촌에서 돗자리 짜던 놈' 하며 출신에 관한 이야기를 많이 하는데 송아지 치던 놈이 장수가 되었으면 성공사례로 봐줘야 하고 돗자리 짜던 유비도 성공사례로 봐야 하는데 우리는 왜 출신을 따지는지 모르겠다. 그렇다면 돗자리 짜던 놈은 평생 돗자리만 짜야 되는 거고, 송아치 치던 놈은 평생 송아지만 멕이고 살아야 하는 건가?

● 구라 심리학 _ 우리 주변에는 어려운 역경을 이겨내고 성공신화를 이룩한 사람들이 있다. 모두가 박수를 보내야 함에도 불구하고 종종은 박수보다는 시기와 질투의 마음을 먼저 갖는 경우도 있다. 사람들은 상대가 이룩한 성공이 내가 바라는 바와 같을 때에는 시기와 질투를, 내가 바라는 바와 다른 경우에는 박수를 보내게 된다. 즉 고시 공부에 전념하고 있는 사람이 친구가 고시에 합격하였다는 이야기를 전해 들으면 박수보다는 시기와 질투심이 먼저 일어나게 되는 반면, 고시에 별반 관심이 없는데 친구가 어려운 환경 속에서 고시에 합격하였다는 연락을 받으면 박수를 보내게 된다. 종회와 등애는 목표가 같다. 따라서 등애의 성공은 종회 입장에서는 달갑지 않다. 또 출신을 따지는 건 일종의 '특권의식'이라고 볼 수 있다. 가

진 자는 자신이 남과 다르다는 생각을 갖는다. 남이 자신과 같아지는 것을 인정하기 싫어하는 것이다. '송충이는 솔잎을 먹어야 한다.'는 말은 가진 사람들의 특권의식과 갖지 못한 사람들의 넋두리가 고스란히 들어 있는 표현이라고 할 수 있다. 비록 성공하여 같은 위치에 있지만 이를 인정하기 싫고 본질적으로 다르다는 것을 강조하고자 하는 바람을 갖는데, 불변하는 본질적인 차이가 바로 출신이다. 그래서 특권의식을 갖는 사람들은 출신 운운하며 타인의 성공을 인정하지 않는 경우가 많다.

종회는 등애 부자를 낙양으로 호송시켰다. 성도로 들어온 종회는 등애네 군마들을 자기에게 편입시켰다. 성도에선 백성들 사이에 등애, 등애 하던 소리가 종회, 종회로 바뀌었다. 종회는 강유를 불러 껄껄 웃으며 "내가 오늘에 와서 평생 소원을 이루었다. 대장부가 세상에 태어나서 자기 소원을 한번은 이루어야 하지 않겠는가? 허허."

소원 추가 구라 _ 여기서 잠깐! 여러분들의 소원은 무엇인가요? 초등학교 때 나의 소원은 트럼펫을 부는 거였다. 우선 불기 전에 트럼펫을 하나 갖는 게 소원이었다. 인왕산 밑에 살 때 저녁이면 트럼펫을 불던 어떤 아저씨가 있었다. 멋있었다. 따라 하고 싶었다. 저녁놀이 지는 인왕산 닭바위 위에서 트럼펫을 한번 불어보리라. 그 후 우리 동네 고물상에 트럼펫이 하나 걸려 있는 게 아닌가. 그러나 가격을 물어봤더니 무진장 비쌌다.

> **바로 배워서 바로 써먹는 중국어 한마디!** '중국 돈으로 얼마예요?'
> 는 '人民币的得花多少钱?[rénmínbì de děi huā duō shǎo qián]' 입
> 니다.

　　내 용돈을 3년간 모아야 가질 수 있었다. 그렇다면 중학교 3학년 때 저 트럼펫을 손에 넣을 수 있다는 계산이 나왔다. 좋다. 용돈을 한 푼도 안 쓰고 저 트럼펫을 내 손에 넣어야지! 그리고 고물상에 가면 늘 그 자리에 걸려 있는 트럼펫을 보고 저건 언젠가는 내 것이 될 거라고 되뇌었다. 그러나 용돈 모으는 것도 쉽지 않고, 사실 용돈도 별로 없었다. 그렇게 흐지부지 세월을 보냈다. 어느 날 고물상 앞을 지나가다가 들여다봤는데, 이젠 그 트럼펫이 보이지 않았다. 고물상 아저씨에게 물어봤더니 며칠 전에 누가 사갔다는 거다. 억울하고 분하고 비통했지만 돈이 없는 걸 어쩌랴! 내가 원했던 첫 번째 소원은 그렇게 사라졌다.

　　소원도 나이가 들면서 시나브로 바뀐다. 광교에 있는 상업은행을 사야지! 남산 케이블카 타는 근처 언덕에 있는 집을 사서 '폭풍의 언덕'이란 카페를 차려야지! 1년에 3개월은 낯선 나라에 가서 살아봐야지! 오토바이를 타고 세계를 돌아다녀야지! 머리 깎고 중이 되어 속세를 떠났다가 불현듯 최양락의 집에 나타나면 어떨까?

이루어진 건 없지만 그래도 소원을 공상하는 일은 즐겁다. 독자 여러분은 어떤 소원을 가졌나요? 이루어졌나요? 소원을 이루기 위해 어떤 노력을 하시나요? 이쯤에서 한번 점검해보시기를. 고대인들의 심심풀이 공상이나 상상이 그리스 로마 신화를 만들었다. 여러분의 상상력으로 신화를 만들어보기를 권한다.

여기서 잠깐 물 한 잔 마시고 다음 구라로 넘어가자. 요즘 내 소원은 몸짱이 되는 거다. 배를 줄이고 팔뚝에 울퉁불퉁 근육남이 되는 꿈을 꾼다. 쉽지 않은 일이지만 '하다가 안 하면 안 한 것보다 한 것만큼은 낫다.'는 고영수의 옛 개그를 떠올리며 또 하나의 소원을 빌어본다. 소원을 가진다는 건 다시 말해 목표가 있다는 거다. 목표, 이거 중요한 거 내가 말 안 해도 여러분은 알 거다. 소원을 이루기 위한 목표를 꼭 새해벽두에만 세우지 마시고 본인의 생일부터, 혹은 광복절부터 학교 개교기념일부터, 향토 예비군의 날부터 이번 돌아오는 식목일부터! 세우시면 어떨까? 백중날부터 칠월칠석부터 언제라도 좋다. 날짜가 중요한 것보다는 실천이 더 중요하니까.

강유가 넌지시 "공은 이제 조상보다 큰 공을 세웠으니 이제부터 한가로이 지내시는 게 어떠하오?"

"뭣이라고라? 이제 내 나이 겨우 40인데 부귀공명을 포기하고 한가로이 지내라니요? 나의 꿈은 대권을 잡는 것이라오."

강유는 속으로 '이 자식이 드디어 미끼를 물었구나.' 생각하며 슬슬 낚

싯대를 당겨본다.

"그렇다면 빨리 대책을 강구하십시오. 그리고 보니 장군의 생각이 이 늙은이보다 훨씬 낫습니다."

낚싯줄을 슬슬 감아올리니 "흐하하, 장군은 내 맘을 알고 있었구려. 핫 하하, 기분 좋다. 한잔합시다."

두 사람은 매일 머리를 맞대고 대사를 협의했다. 그런데 남자들은 왜 껀 수만 있으면 술을 마시려고 할까. 왜 이야기를 하려고 하면 꼭 술을 마셔야 하는 것일까?

● 구라 심리학 _ 왜 남자들은 건수만 있으면 술을 마시려고 할까? 가장 중요한 이유 중의 하나는 남자들이 자신의 속내를 타인에게 잘 드러내지 않으려 하기 때문이다. 일반적으로 남자들은 아무리 가까운 사이라고 할지라도 자신의 속마음을 상대에게 드러내는 것을 꺼려한다. 하지만 술을 먹게 되면 통제력을 상실하게 되고 서로의 마음을 털어놓게 되는 것이다. 맨정신에서는 이런저런 눈치를 보기 때문에 차마 하지 못했던 말도 술을 마시면 통제력을 상실하게 되니까 부담 없이 이야기를 꺼낸다. 이 밖에도 술에 대한 관대함도 한몫을 한다. 같은 실수라도 음주 상태에서의 실수는 너그러이 용서를 해준다. 결국 속마음을 드러내는 행위가 적합하지 않더라도 취중의 실수로 치부하면 되기 때문에 부담감이 적어져 속마음을 쉽게 드러

낼 수 있는 것이다.

는 중국어로 '哪天见面喝酒吧! [nǎ tiān jiàn miàn hē jiǔ ba]' 입니다.

강유는 몰래 후주 유선에게 밀서를 보냈다.

종회가 강유와 함께 모반 계획을 세우고 있는데 난데없이 사마소로부터
서신이 날아왔다.

나는 그대가 혹시 등애를 체포하지 못할까 걱정
되어 군사를 거느리고 장안에 와있다.
머지않아 만나게 될 터이니 그리알라.

3

당신은 무엇으로 사람을 판단하는가

– 모두들 이렇게 가는구나. 등애, 종회, 강유

편지를 읽어본 종회는 "이것 봐라! 내 군대가 등애네보다 몇 배가 된다는 건 진공도 잘 알고 있는데, 스스로 군대를 이끌고 왔단 말이지? 저쪽에서 나를 의심하고 있구만!"

강유는 어디 있냐?

바로 배워서 바로 써먹는 중국어 한마디! '가이드 어디 계세요?'는 '导游在哪儿? [dǎoyóu zài nǎr]' 입니다.

편지를 본 강유가 "호오! 임금이 신하를 의심하면 신하는 꼭 죽게 되어 있소이다. 등애의 죽음을 보지 않으셨습니까?"

종회는 단호한 표정으로 "내 뜻은 이미 정해졌다. 일이 이루어지면 천하를 얻는 것이고 혹 이루지 못하더라도 서촉에 퇴군해도 유비만큼은 될 수 있다."

종회의 이 말은 '잘되면 대박이고 안 되더라도 반 본전은 찾을 수 있다.'는 건데 세상사 아무리 어수룩한 거 같아도 이런 건 없더라. 반 본전 이게 함정이더라. 물구덩이더라. 늪이더라. 안 되면 반 본전은커녕 빚더미에 올라앉는 경우가 더 많더라. 내 주위 사람만 그런가?

강유가 또다시 종회에게 "근자에 듣자하니 곽태후가 돌아가셨다는 말이 있습니다. 장군께서는 태후의 유언이 있다고 사칭을 한 후 사마소를 토벌하여 임금을 시살한 죄를 바로 잡으십시오. 장군의 재주로 중원을 제패할 것입니다."

"그렇다면 노장군이 선봉이 되어주시오. 성사되면 우리 함께 부귀를 누립시다."

"제가 나가서 수고하는 건 별거 아니지만 다른 장수들이 제 말을 따르지 않을까 봐 염려됩니다."

"내일 정월 대보름날 밤에 고궁에서 큰 연회를 개최하고 장수들을 청하여 술을 마시게 한 후 나의 계획을 알리겠소. 내 말을 거역하는 자는 모두 그 자리에서 죽여버리겠소."

강유는 종회와 계획을 세우고 집으로 돌아오는 길에 단골집에서 술 한 잔을 더 했다. 못생긴 주모도 이뻐 보이는 밤이다. 기뻐 죽겠다. 야호!

다음 날 아침에 바로 초청장이 돌려진다.

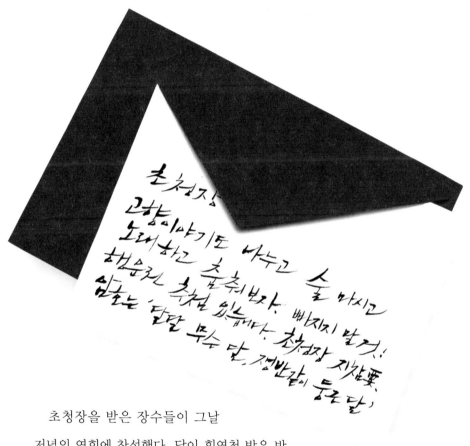

초청장을 받은 장수들이 그날 저녁의 연회에 참석했다. 달이 휘영청 밝은 밤 에 모처럼 화려한 연회가 열렸다.

대연회 추가 구라 _ 아무리 궁궐이라도 그 당시엔 전기가 없었으니 대보름 같은 달 밝은 날이면 연회가 더 멋들어지지 않았을까. 유럽 여행을 하다보면 사원을 많이 들른다. 사원에 들어가면 지금은 대부분 등을 켜서 사원 안을 밝히는데, 사원을 짓던 시절은 어땠을까 생각할 때가 많다. 약간은 어스름한 곳에서 높은 창에서 색유리를 타고 들어오는 불빛은 사물을 흐리므리하게 보이게 할 꺼다. 이게 사람들로 하여금 신비로움을 더해줬을 테지! 사원에 있는 스테인드글라스(이건 지금도 비싸다)로 들어오는 햇살은 정말이지 신비! 그 자체였을 것이다.

연회는 보름날 밤에, 야합이나 음모는 그믐밤이 어울리지 않았을까? 뿐만 아니라 경복궁이나 덕수궁을 가봐도 임금님이 주무시다가 새벽에 깨어나면 컴컴한 데서 얼마나 답답했을까? 임금님의 겨울 새벽오줌! 생각만 해도 오소소 소름이 돋는다. 그믐달 달빛 어두운 밤 임금님의 새벽화장실 행차에 덩달아 눈비비고 일어났을 내시, 그런 후 얼른 잠들지 못하는 한숨소리, 휘유!

'아이고, 내가 그것(?)만 있었어도!'라며 안타까워했을 내시들의 그 숱한 불면의 밤들.

중학교 때 잠이 오지 않으면 '내가 돈을 많이 벌어서 뭘 할까?' 하는 생각을 매일 했고, 고등학교 때는 여자 연예인 수십 명의 모습을 떠올리면서 별의별 상상을 하며 잠을 불렀다. 그리고 지금은 K—1에 나오는 선수들을 내가 한방에 때려눕히는 공상을 하면서 잠을 청한다. 한 방에 나가떨어지는 효도르! 앞차기 한 방에 떨어지는 레미 본야스키! 이렇게 시작하다가 한 방에 떨어지면 재미가 없어 처음엔 막 맞아주는 거다. 아무리 때려도 반응이 없으니까 상대방이 지쳐갈 때 주먹 한 방으로, 아니면 두 번째 손가락으로 옆구리 한 번 찌르면 넘어지는 상대선수! 관객들의 함성! 어쩌구저쩌구하면서 잠에 **빠져든다**.

<u>하는 김에 자가용 추가 구라</u> _ 지금이야 자가용을 가진 사람들이 개미떼처럼 많은 세상이 되었지만, 예전엔 자가용 가진 사람들이 별로 많지 않았다. 주로 호텔에서 하는 행사에서 벌어지는 일인데, 행사가 끝나고 나갈 때쯤이면 사회자가 '가실 때 주차권은 접수대에서 받아 가세요.' 하는 멘트를 날린다. 주차권을 받으면 주차비를 내지 않아도 되는 행사 주최측의 배려다. 어느 날 행사장에 누구인지 기억이 안 나는 친구랑 갔다가 나오는데 주차권을 받아가란다. 나도 친구도 차가 없으니 그냥 나오려는데 친구가 "주차권 받아가야지." 하며 주차권을 받으러 가는 거다. 나는 의아했다. 저 친구는 분명히 차가 없는데 주차권을 왜 받으러 가지? 잠시 기다리니 친구는 주차권을 받아가지고 온다. 친구가 주차권을 주머니에 넣고 나오면서 하는 말.

"차 없는 티를 낼 게 뭐 있냐? 그냥 공짜로 주는 건데."

"뭐?"

"저기서 주차권 받아가는 사람들의 3분의 1은 나처럼 차 없으면서 받아가는 사람들일껄! 차 있는 것처럼 보이려구!"

"……!!"

맞다, 그런 시절이 있었다. 차로 사람을 판단하는 시절이 있었다. 지금도 차를 재산으로 생각해서 폼잡는 사람도 있지만, 지금은 차보다는 사는 동네로 사람을 평가하는 사람이 많다. 누군가 나에게 '어디 사세요?'라고 물어보면 이 사람은 나의 거처가 궁금한 게 아니다. 내가 사는 동네가 궁금한 거다. 사는 동네로 사람을 판단한다. 어느 시절이나 사람을 사람으로 판단하지 않고 그 사람이 가지고 있는 다른 걸로 판단했을 거다 .

"저놈이 쓰는 붓이 당나라 껀데! 어쭈! 좀 사는데?"

"이놈이 나보다 더 좋은 파리채로 파리를 잡네! 그럼 내가 꼬랑지를 내려야겠군!"

"이크, 저놈은 코를 풀 때 맨손으로 안 풀고 손수건에 푸네! 나도 손수건 하나 장만해야지!"

"저놈이 나보다 술이 약하군! 내 간이 저놈 간보다 훨씬 좋다는 거잖아! 짜식아, 인간이라면 좋은 간을 가지고 살아야지! 간이 그래가지고 사람 행세 하겠어? 어흠 흠!"

학벌로 사람을 판단하기도 한다.

"저놈이 학교를 태국에서 나왔네! 나는 아프리카에 있는 학교를 나왔는데! 아무래도 내가 학벌이 더 낫구만!"

"뭐라고? 니가 더 좋은 학벌이라는 이유가 뭔데? 야 임마, 태국보담 아프리카까지 가는 비행기 삯이 비싸잖아! 그러니까 내 학벌이 더 좋지! 유노우?"

학교 좋은 데 나온 걸 비행기 값으로 판단하냐? 미친놈들! 허지만 이런 게 현실인 걸 어쩔 꺼나아~!"

바로 배워서 바로 써먹는 중국어 한마디!

'당신은 어디 사십니까?' 는 '你住在哪儿? [nǐ zhù zài nǎr]'

'택시 좀 불러주세요.' 는 '请叫车. [qǐng jiào chē]'

'식당으로 갑시다.' 는 '去餐厅吧. [qù cāntīng ba]'

연회가 시작됐다.

"그동안 잘 지냈소?"

"얼굴 좋아졌네."

"어디 갔다왔소?"

"왜요?"

"전화 거니까 안 받던데!"

"아, 마차에 핸펀을 두고 내렸소이다."

"좋은 술집이 개업했던데, 언제 한번 같이 가지 않으려우?"

챙! 챙! 여기저기서 술잔을 부딪히는 소리가 요란하다. 어허, 오늘 술 받네! 술이 몇 순배 돌아가고 웨이터들이 바쁘게 뛰어다니고 여기 오징어 안

주 추가! 아가씨, 이번 주말에 뭐해? 어쩌구 하는데 꺼이꺼이 울어대는 소리가 들린다. 이게 뭔 소린가 싶어 중신들이 돌아보니 종회가 울어대고 있다. 분위기가 노숙자 발싸개같이 더러워진다.

"아니, 무슨 일이십니까? <u>위암</u> 판정이라도 받으신 겁니까?"

살면서 병은 추가하지 맙시다 _ 위암 이야기 함부로 하지 마라. 사람 놀란다. 나도 위암 판정을 받은 적이 있었다. 위암! 정말 무서운 병이잖아! 내 친구 아버지도 위암으로 돌아가셨고 서대문에서 카페 할 때 멀쩡하던 주인아저씨도 위암으로 돌아가셨다.

남들이 타지 말라고, 타면 위험하다고 말리는 걸 고집 부려서 스쿠터를 타다가 사고가 났다. 사고가 나니까 "어디 다쳤어?" 하고 묻는 사람들도 많았지만 "고봐? 내가 뭐랬어? 내가 타지 말라 그랬지? 위험하다 했잖아!"라고 말하는 사람들도 만만찮게 많았다. 한번은 삼국지 글을 쓰는데 키보드가 고장이 났다. 원하는 글이 타이핑이 안 되고 뭔 알 수 없는 무늬들이 찍히는 거다. 키보드를 고치려고 스쿠터를 타고 내려가던 중이었다.

추리닝 차림으로 키보드를 들고 나왔는데 이게 길어서 스쿠터의 트렁크에 안 들어가는 거다. 어쩌나 이걸! 추리닝 바지춤에 넣고 스쿠터에 올라타서 출발하니 추리닝 고무줄이 늘어나기 시작하면서 자판기가 빠질 거 같다. 이걸 끈을 달아서 어깨에 소총처럼 매고 가야 되나? 이런 생각을 했지만 다시 집에 들어갔다 나오는 게 귀찮아서 에라 모르겠다, 하고 그냥 왼쪽 겨드랑이에 끼고 출발했다. 한 3분을 가니까 커브길이다. 커브를 트는데 겨드랑이에 있던 자판기가 땅으로 떨어지려고 한다. 무슨 곡예사도 아니면서 왼쪽 겨드랑이에 힘을 주는데, 동시에 오른쪽 손에도 힘이 들어간 거다. 스쿠터는 달리고 몸은 균형을 잃어서 콰당, 하고 넘어지고 말았다. 양쪽 무릎과 왼쪽 팔꿈치를 크게 다쳤다. 불행 중 다행이라면 뒤따라오던 차들이 넘어진 나를 치지 않았다는 것뿐!

무릎을 수술했다. 관절 안에 들어 있는 연골을 받쳐주고 감싸주는 부위가 깨진 거란다. 깨진 사이로 물이 차면 너무 아픈 거다. 멀쩡히 잘 걷다가 계단을 내려서는데 뜨끔하면 바로 주저앉는 거다. 며칠에 한번 양쪽 무릎이 교대로 삐걱! 뜨끔! 아이고, 불규칙 반복이었다. 먼저 왼쪽을 수술하고 6개월 뒤 오른쪽을 수술한다고 했다.

그런데 그 와중에 술 때문에 또 문제가 발생했다. 왼쪽을 수술하고 실밥 뽑기 전에 술을 마신 거다. 한마디로 미친놈이었다. 수술 마치고 3일이 지나고 술을 마셨다. 실밥은 2주 뒤에 뽑는다는데! 그 2주를 못 참은 거다. 매일 마셨다. 일주일 뒤에 병원 가서 술 마신 이야기를 의사에게 했더니 어이없어하며 독한 항생제를 처방해주겠단다. 그럼 거기서 끝났어야지! 독한 항생제를 먹으니까 술은 먹어도 되는구나, 하고 오판한 거다.

어느 날 밤 술 마시고 드러누워 자려는데, 속이 쓰리고 아파 미치겠는 거다. 정말 아팠다. 엉엉 울었다. 한의사가 달려와 침을 놓고 주무르고 약을 주고 갔다. 다음 날 아침 일찍 동네 병원에 들러서 급성 위염 진단을 받고 위염약을 처방받아 먹었다. 그때부터 술을 마시지 않았다. 드디어 2주 뒤에 실밥을 뽑았다. 그런데 무릎에 염증이 있단다. 위에도 문제가 있었다. 내시경으로 찍어보니 여러 군데 얼룩처럼 위염 증상이 나타났다. 참을 걸! 그러나 이미 늦었다. 2주치 위염 약을 먹고 술을 금했다. 약 다 먹고 나서는 다시 술을 마시기도 하고 안 마시기도 하며 지냈다.

6개월 후 오른쪽 무릎 수술을 했다. 왼쪽보다 수술 시간이 오래 걸렸다. 왼쪽이 20분이었는데 오른쪽은 거의 한 시간이 걸렸다. 입원 기간도 당연히 길었다. 항생제는 역시 독한 걸로 처방이 됐다. 술을 참았다. 예전의 전과도 있고 해서 정말 꾹꾹 참았다. 근데 이상하지? 변이 며칠째 안 나오는 거다. 변이 안 나오면 보통 속이 거북한데 웬일인지 속이 거북하지가 않은 거다. 그래서 그냥 며칠 넘어갔다.

퇴원하고 집에 있는데 속이 정말 불편하다. 오래전에 장 세척제를 사둔 게 있어서 그걸 먹었다. 장세척이 되면서 속에 있는 걸 다 비웠으면 하는 마음으로! 약효가 먹혔는지 그날 밤 쏟아냈다. 주룩주룩! 시원했나? 아니다. 안 시원했다. 며칠이 지났다. 특강을 하러 제주도에 갔는데 몸이 이상하다. 자꾸 눈앞이 팽팽 도는 거 같다. 조금 전에 한 말이 무엇이었는지 아득하게 기억이 안 난다. 병원 응급실을 찾아가 영양제를 맞았다. 그런데 또 다음 날에는 허리가 아팠다. 한의원을 찾아가 침을 맞았다. 서울로 돌아왔다. 다시 피곤하다. 영양제를 또 맞았다. 다시 어느 학원에 강의를 하러 갔는데 역시 조금 전에 강의했던 내용이 떠오르지 않는다.

대구에 내려갔다. 그 다음 날은 청도 운문사에서 영화배우 신성일 선배의 칠순 잔치가 있는 날이다. 대구에서 지인들을 만나 저녁을 먹으러 갔다가 젓가락질 몇 번 하다가 식당에 누웠다. 아침에 일어나 청도 운문사에 가서 신성일 선배님을 만나고 점심 먹으러 오라기에 점심 차려진 곳을 찾아가는데 이상하다! 걸을 수가 없다. 햇볕에만 나가면 걸을 수가 없을 뿐 아니라 5월인데도 으스스하다. 으슬으슬 온몸에 소름이 돋는다. 식당에 내려갔다가 자리에 앉는데 순간! 앞에 있는 사람 얼굴이 안 보이는 거다. 소리만 들린다. 내가 눈을 감았나? 어! 아닌데! 눈을 뜨고 있는데 앞사람이 안 보이고 사람 형체가 노랗게 보인다.

내가 왜 이러지? 밥상에 엎드렸다. 잠시 후 정신을 차리고 건천이란 곳에 가서 점심을 먹었다. 건천에는 소고기가 맛있는 식당이 많다. 역시 먹다가 누웠다. 부랴부랴 함께 있던 사람이 자신의 단골 병원으로 차를 몰았다. 의사 말이 내가 빈혈이라는 거다.

왜 빈혈일까? 내가 왜 빈혈이지? 빈혈은 여자한테만 생기는 거 아닌가? 빈혈 이건 피가 모자랄 때 생기는 거잖아? 큰 병원으로 가란다. 앰뷸런스를 불러 큰 병원으로 가서 어린애 베개만 한 수혈 팩을 두 개나 사용해 수혈을 했다. 기분이 묘했다. 하룻밤을 병원에서 잔 후 퇴원해서 서울로 가자고 했다. 빈혈, 이거 뭐! 수혈받았으니까 됐잖아! 생각해보니 며칠 전 화장실에서 거울을 봤더니 얼굴이 너무 희더라! 서울로 가자고 했더니 면회 온 몇 사람이 말리는 거다. 안 된다. 뭐가 안 되냐? 나는 올라가서 할 일이 많다. 말 좀 들어라, 아니다, 며칠 더 있어라.

서울에서 같이 일하는 후배가 내려오고 매니저까지 내려왔다. 이거 뭐 별일도 아닌 걸 가지고 이 사람들이 왜 이렇게 호들갑을 떠는가? 그냥 걱정스러워서 퇴원을 말리는 줄 알았다. 이때가 『구라 삼국지』 1권과 2권이 나와서 몇몇 서점에서 사인회가 잡혀 있는 때였다. 이미 신문에 광고도 났고! 출판사에 전화했더니 사인회를 취소하잔다. 신문에 사과광고를 내겠단다. 나는 안 된다. 사인회는 할 수 있다. 왜 이러냐? 퇴원하겠다, 안 됩니다, 하고 싸우면서 다시 하루가 갔다. 나는 환자 옷을 벗고 사복으로 갈아입은 후에 서울로 가겠다고 우겼다. 그랬더니 누군가 조심스럽게 "행님, 만약에, 만약에 말임다.…… 위암이라면 우짜시겠심니꺼?"

"뭐, 위암!" 하고 놀랐어야 되는데 안 놀랐다. 그러고선 "진짜 위암이면 아마 위암 환자 중에서 내가 제일 웃기는 위암 환자가 될 거야." 하며 농담으로 받았더니 위암 2기 판정이 났다는 거다. 그제야 퇴원을 말렸던 사람들이 왜 그렇게 오바하며 말렸는지 어슴푸레 떠올랐다. 3일 뒤에 정확한 결과가 나오니 결과를 보고 가라는 거다. 또 빈혈수치가 6이었다는 거다. 빈혈수치라는 말도 처음 들었다. 여자들이 아이 낳다가 하혈로 죽을 때 빈혈수치가 5라는 거다. 정상인 사람들은 12에서 14란다. 8만 되어도 자기 다리에 다리가 꼬여 넘어질 수 있다는 수친데, 나는 그것도 모르고 한 달 반을 그렇게 생활한 거다.

하지만 나중에 위암 판단은 오진으로 밝혀졌다. 어쨌든 다행이다. 처음 위암 진단을 받았을 때 사람들은 무지하게 놀랐을 거다. 내 앞에서 차마 말도 못하고 쉬쉬 하고 있을 때, 내가 서울 간다고 박박 우기니 이 사람들 얼마나 답답했을까? 서울에 와서 큰 병원에서 다시 진단을 받았지만 역시 오진이었다. 오진이 좋은 건 암뿐이라나 뭐라나? 하며 어물어물 넘어갔지만 뒷맛은 떨떠름했다. 위암 판정을 받았다는 소식을 들은 내 후배는 내가 그 후 부산에서 완행열차 타고 강원도로 가는 도중에 전화를 했다.

"형, 어디야?"

"완행열차 타고 강원도에 가."

"알았어." 하고 전화를 끊고 그날 밤 12시쯤 강원도 진부에 도착해서 막 자리에 누웠는데 서울 상계동에서 날 보러 출발한단다. 무슨 급한 일이 있나 싶어 기다리다가 잤는데, 택시 타고 새벽 4시에 진부 숙소로 찾아왔다. 자다가 깬 나는 내일 아침에 보자 하고 잠이 들었는데 새벽 6시쯤 그 후배는 서울에 9시에 약속이 있다며 서울로 떠났다. 이렇게 갈 거면 왜 왔을까? 별 싱거운 놈도 다 있네! 나중에 강원도 진부까지 찾아온 이유가 궁금해서 물어보니 "형이 위암 판정을 받았다는 이야기를 김 사장에게 들은 후 갑자기 완행열차 타고 강원도 간다고 하니까 인생을 정리하는 시간을 가지려고 그러는 줄 알았어."

오진이었다는 소식도 전해주지 그랬소! 김 사장!

또 하나 추가. 이번 무르팍 어느 정도 낫고 나면 오토바이를 또 한 대 사서 내가 다쳤을 때 "거 봐! 내가 타지 말랬잖아!"라고 말했던 인간들 집에

오토바이를 타고 가봐야지!

연회 자리에서 울던 종회가 울음을 그치고 말을 하기 시작했다.

"곽 태후께서 승하하실 때 유조를 내리신 것이 여기 있다. 사마소는 남궐(南闕)에서 임금을 시살하는 대역무도한 죄를 지었으니 이는 조만간 위국의 제위를 찬탈하려는 수작임에 틀림없다 말씀하시고 내게 그를 토벌하라 하셨다. 그대들은 여기 서명하고 이 대사를 함께 이루도록 하자."

여기서 한 가지 의문이 생긴다. 무엇인가 혁명을 하려고 작당을 하던 녀석들이 갑자기 약속도 하지 않고 나를 찾아와서 "혁명을 하려고 하는데 너도 끼어!" 한다면 뭐라고 답해야 하나? 이거 정말 난감한 일이 아닐 수 없다. 혁명이란 게 말 그대로 비밀이 탄로나면 안 되는 건데 안 한다고 했다가 저들이 성공하면 나를 가만 두지 않을 것이고, 실패했더라도 저놈들이 나를 같은 혁명동지라고 물고늘어지면 어찌 하나? 이건 정말 운명일수밖에 없는가? 도매금으로 넘어갈 수밖에 없단 말인가?

● 구라 심리학 _ 사회생활을 하다보면 다른 사람의 청탁을 받는 경우가 있다. 물론 다 들어줄 수 있으면 좋겠지만, 사실상 그것은 불가능한 일이다. 그럼에도 불구하고 사람들은 이런 것을 알아주지 못하고 서운한 마음만 갖게 된다. 상대방의 마음을 상하게 하지 않으면서 거절하는 기술도 대인관계에서는 매우 중요하다. 첫째, 거절

하는 순간에도 항상 상대방을 배려하는 마음이 필요하다. 부탁을 들어줄 것도 아니면서 상대방에게 싫은 소리를 해대는 것은 상대방의 마음을 아프게 한다. 둘째, 의지는 확고하게 갖되 태도는 부드럽게 하는 것이 좋다.

셋째, 작은 것을 양보해야 큰 것을 거절할 수 있다. 상대가 자주 부탁을 할 때, 내가 도저히 감당할 수 없는 경우가 있을 것 같으면 미리 작은 것을 들어주어서 상대방이 '그래, 내 부탁을 모두 들어줄 수는 없지.'라는 느낌을 갖도록 해야 한다. 넷째, 상대가 예상할 수 있게 하는 것이 좋다. 상대방에게 부탁을 들어줄 것처럼 기대치를 잔뜩 높여 놓고 거절하면 거부당했다는 느낌을 갖기 때문이다.

＊ 운명은 독수리가 아니다. 생쥐처럼 기어든다. — 엘리자베스 보웬

하도 급작스런 일이라 장수들은 놀라 눈알만 굴릴 뿐 아무도 대답하는 이가 없다. 종회는 칼을 뽑아들고 "내 뜻을 어기는 자는 모두 참하겠다. 빨리 결정해! 그리고 이 시간이 지난 후 행운권 추첨시간이 기대되지 않니?"

말 안 들으면 죽이겠다는 공갈과 협박 속에서 몇몇 장수들이 서명을 했고, 그 후 기괴한 행운권 추첨시간이 이어졌다. 그리고 이어서 모든 장수들은 오늘 밤 궁궐을 빠져나가서는 안 된다는 포고령을 내렸다.

짠짜라 행운권 추첨!!!

3등상엔 1계급 특진
2등상에 1계급 특진과 말 한 필에
딸린 수레 한 대
1등상에 땅 만 오천 평에 골프장 회원권,
미녀 30명, 그리고 2계급 특진
최고상에 '너 하고 싶은 게 뭐야?'

주변에서 장수들의 눈치를 살피고 있던 강유가 "전부 다 말을 듣는 것 같지는 않고 불복하는 자들이 몇 명 있는 거 같소이다."

종회가 "그럴 줄 알고 궁중에 구덩이를 크게 파놨소. 말을 듣지 않는 자들은 죽여서 구덩이에 집어넣을 생각이오."

종회와 강유가 이런 대화를 나누고 있을 때, 구건이 몰래 그들의 이야기를 엿듣고 있었다. 구건은 오군 호열(胡烈)의 옛날 부하였다. 그가 호열에게 달려가 이야기를 했고 호열은 화들짝 놀라며 구건에게 다시 말했다.

"내 아들 호연(胡淵)이한테 좀 알려줘! 호연이는 군사를 거느리고 있으니까 가만 있지 않을 거야."

"긱정 마십시오. 제가 알아서 하겠습니다."

그 길로 구건은 종회에게 쪼르르 달려가 "주공께서 장수들을 궁중에 연금하시니 음식이 불편하답니다. 심복을 한 명 두어서 왕래하는 것이 좋겠습니다."

사실 궁중에 갇혀 있는 놈이 '너무 오래 앉아 있으니까 엉덩이가 배깁니다. 방석 좀 쿠션 빵빵한 걸로 갈아주쇼.' 할 수 없는 노릇이지만 구건이라는 믿을 만한 놈이 와서 한마디 하니 종회도 허락을 했다.

"그럼 너에게 이 일을 맡긴다. 절대로 그 누구에게도 누설하면 안 된다."

"주공은 안심하십시오. 제가 모두 엄중히 감시하겠습니다."

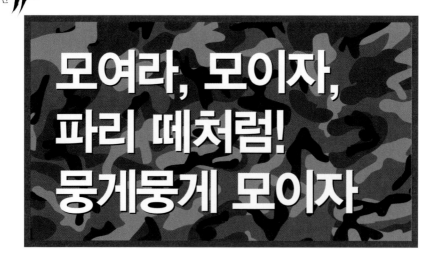

호연

그러나 구건은 호열이 아끼는 사람을 호열에게 보내서 호열의 밀서를 궁 밖에 있는 아들 호연에게 전달하게 했다. 호연은 편지를 읽고 이 사실을 모든 영문에 알렸다. 장수들이 뭉게뭉게 모이기 시작했다.

모여라, 모이자, 파리 떼처럼! 뭉게뭉게 모이자

이렇게 해서 모인 장수들은 "우리가 죽을지라도 역적을 따를 수는 없다." 결의를 다진다.

호연이 장수들에게 "정월 18일에 궁으로 몰려가 이러저러할 것이니 나를 따라주시오."

집합된 장수 중에 감군 위관도 끼어 있었는데, 그는 군마를 정돈하고 구건을 통해서 호열에게 이같은 장수들의 반란을 통지하게 했다. 이 소식을 전해들은 호열 역시 궁내에 연금되어 있는 장수들에게 이 소식을 알렸다.

이즈음 종회는 강유를 불러 물었다.

"지난밤 꿈에 큰 뱀 수천 마리가 나를 물려고 달려들었는데, 그 꿈이 어떤 꿈이요?"

강유가 "꿈에 용이나 뱀을 보면 무조건 대길한 꿈 아니겠소? 하하!"

자기 꿈이 좋다는 이야기를 들은 종회는 신이 나서 "이제 무기도 다 갖춰졌으니 장수들을 한 명씩 불러서 거사에 대해 좀 더 구체적인 이야기를 하는 것이 어떻겠소?"

하지만 강유는 오히려 위장들을 모두 죽일 것을 건의했다.

"제가 보기엔 겉으론 안 그래도 속마음은 딴마음들을 품고 있는 거 같으니 속히 해치우는 게 어떨까요? 해치워야지요. 해치우지 않으면 안 됩니다. 전부 해치워버립시다."

종회는 강유의 말을 듣고 강유에게 명하여 고궁에 연금된 여러 위장들을 도륙케 했다. 강유는 이제야 적장의 수효를 줄일 수 있는 기회가 왔다고 생각하고 기뻐하며 출발하려는데 너무 기뻐 흥분했을까 갑자기 심장이 너무 아프다. 따가닥, 따가닥 심장이 뛰더니 정신을 잃고 땅바닥에 쓰러져버렸다.

"물 좀 가져와라, 물!"

급하게 외치는 소리가 들린다.

옆에 있던 이들이 강유를 부축해 침대로 데리고 가 뉘었더니 반나절 만에 소생했다.

"여기가 어딥니까?"

바로 배워서 바로 써먹는 중국어 한마디! '여기가 어딥니까?'는 중국 말로 '这里是在哪里? [zhè lǐ shì zài nǎ lǐ]' 입니다.

정월 대보름날 각 장수들을 연금하고 이틀이 지난 18일 아침, 고궁 밖에서 큰 소란이 일어났다는 보고가 종회에게 들어왔다. 종회가 그 보고를 상세히 알아보라 이른 후 재스민차를 두어 모금 마셨는데 함성이 궁 밖에서 크게 들리며 사면에서 무수한 군대가 쇄도하는 거다. 강유는 일어나서 한마디 안 할 수가 없다.

"이것은 안에 있는 장수들이 장난을 친 것이니, 먼저 그들을 빨리 참수하여야겠소."

군대가 벌써 궁으로 들어왔다는 보고가 빗발친다.

종회는 궁궐 문을 닫고 군사들을 옥상으로 올려 보내 기왓장을 던지게 하니 머리통이 깨진 사상자가 수십 명!!! 궁 밖 사방에서 불길이 일어나는 와중에 군대가 궁궐 안으로 쳐들어왔다. 종회는 칼을 뽑아 휘둘러 수십 명을 죽였지만 어디선가 이름 모를 화살 한 대가 파─쇼옹 날아와 종회의 가슴에 꽂힌다. 가슴으로 손이 가려는데 듣도 보도 못한 녹슨 창이 종회의 머리를 꿰뚫었다. 아이고! 강유는 하늘을 향해 울부짖으며 "나의 계략이 성공하지 못하는 것은 하늘의 뜻이구나." 길게 탄식한 뒤 칼을 뽑아 제 스스로 목을 베어 목숨을 끊었다. 그의 나이 59세. 나랑 동갑이구나!

감군 위관이 총지휘자가 되어 "각 부대는 자기 진영으로 돌아가 왕명을 기다려라."

위관은 앙갚음으로 강유의 배를 가르니 그 담의 크기가 계란만 하게 부풀어 있었다. 또한 강유네 가솔들은 하나도 남기지 않고 살육을 했다. 등애네 부하들은 종회와 강유가 이미 죽었음을 알고 등애 부자를 구하기 위해 밤낮으로 면죽으로 달렸다.

형세는 며칠 사이에 변동되어 성도의 백성들은 영등포로 가야 할지, 미아리로 가야 할지, 어느 편에 붙어야 살지, 어떤 놈이 내 편인지 헷갈렸다. 재산 좀 가진 놈들은 라면 사재기에 바쁘고 음식점들은 일제히 약속이나 한 듯 가게 문 앞에 외상금지란 쪽지를 내붙였다.

등애의 부하들이 등애를 살리기 위해 출동했다는 소식을 들은 위관은 "이거 큰일이네. 등애가 살아오면 나는 죽어도 묻힐 땅이 없는데."

어느 편에 붙어야 살지, 어떤 놈이 내편인지? 헷갈렸다.
재산 좀 가진 놈들은 라면 사재기에 바쁘고 음식점들은 일제히 약속이나
한 듯 가게 문 앞에 외상금지란 쪽지를 내붙였다.

이 말을 들은 전속이 "제가 가서 처리하겠습니다."

군사 500명을 데리고 달려가 등애 부자를 단칼에 날려버린다. 등애는 자신을 구하러 부하들이 오는 줄 알고 아무런 방비도 하고 있지 않았다가 목숨을 잃고 말았다.

이렇게 해서 촉을 평정한 장수 등애와 종회는 모두 죽고 말았다. 촉장 장익도 난리 중에 강유와 함께 죽었고 태자 유선(劉璿)과 한수정후 관이(關彝)도 모두 위군에게 잡혀 죽었다. 이때 군민과 백성들도 서로 어우러져 싸우고 죽이는 일이 비일비재하게 발생했다. 예를 들면 갑자기 식당에서 외상 안 주겠다니 외상값 못 갚겠다는 놈도 생겨나 작은 싸움이 큰 싸움으로 번질 수밖에 없었다. 혼란이 10여 일 정도 계속되다가 가충네 군대가 먼저 들어와 백성들을 안심시키니, 비로소 성도는 겉모양만 정리가 되었다.

가충은 위관에게 성도를 지키라 한 후 서촉의 후주를 모시고 낙양으로 향했다. 이때 후주를 따라간 신하는 상서령 번건, 시중 장소, 광록대부 초주, 비서랑 극정 등 몇 명에 불과했다. 요화와 동궐은 병을 핑계 삼아 누워 있다가 나라가 망한 걸 <u>우울</u>해하다가 결국 홧병으로 죽고 말았다.

우울 추가 구라 _ 사실 나도 한때 우울한 적이 있었다. 젊었을 때 내가 만나던 여자애가 자기는 우울증에 걸린 거 같단다. 우울증에 걸린 여러 가지 이유를 대는데 나는 그 말을 듣고 정말 우울했다. 사람들을 웃기는 재주를 가진 개그맨인 나를 만나는 이 여자애가 우울하다는 것은 그 이유가 어찌됐건 나의 책임이 크다고 통감했기 때문이다. 한참 활동을 많이 하던 시절에도 가끔 내가 웃기는 것이 정말 웃기는 것인지 판단이 안 되던 시절이 있었다. 또 공개방송할 때 언젠가 뭔 말을 하면 "햐, 그건 웃긴다."라는 말이 유행하던 시절이 있었다. 웃기면 그냥 웃으면 되는 일인데, 한마디 하고 나면 "에이, 그건 안 웃겨.", "하하, 그건 웃겨." 하며 마치 채점관처럼 바로바로 채점을 해줬다. 처음엔 그러는 게 기분 나쁘긴 했지만 나중에는 "그건 웃기다."는 이야기가 안 나오면 서운하기도 하고 허전하기도 해서 내가 정말 웃기기는 하는가, 하는 생각에 우울해지기도 했다.

4

뭉치는 건 어려워도 갈라지는 건 한순간이다

– 후주 유선의 몰골과 사마염의 등극

　　때는 위나라 경원 5년(서기 264년)이었지만 함희(咸熙) 원년으로 바뀌었다. 나는 이제 늦었지만 지금 결혼하는 사람들은 그 해를 자기 이름을 넣어서 표현하면 어떨까? 유성 원년, 칠성 원년, 남훈 원년, 관형 원년 등등 말이다.

　　그해 3월, 동오의 노장 정봉은 촉이 이미 망한 걸 알고 군대를 거두어 본국인 동오로 돌아갔다.

　　중서승(中書丞) 화핵이 오주 손휴에게 아뢰었다.

　　"오와 촉은 이와 잇몸 사이 같습니다. 잇몸이 상하면 이가 아픕니다. 신의 생각으론 사마소가 우리 오를 정벌하려고 힘쓸 터이니, 폐하께서는 국방에 깊이 힘쓰기를 아뢰옵니다."

손휴는 그 말을 쫓아서 육손의 아들 육항(陸抗)을 진동대장군(鎭東大將軍)으로 삼고 형주목(荊州牧)을 겸하게 해서 강구(江口)를 지키게 하고 좌장군 손이는 남서(南徐)의 여러 요새를 지키게 했다. 또 강 일대에는 수백 개의 진지를 세워 정봉으로 하여금 총감독하게 하고 위군을 방어하게 했다.

이빨 추가 구라 _ 눈에 잘 안 보이는 가시가 손가락에 박히면 상당히 아프다. 족집게로 뽑니 어떠니 난리가 난다. 근데 많은 사람들은 이상하게 이빨 한 대 빠지는 것보다는 손에 박힌 가시 뽑는 걸 더 소중하게 생각한다. 하지만 돈으로 따지면 이빨에 더 많은 비용이 지출된다. 그때그때 고치면 싸게 먹히는데 묵혀두었다가 이빨 여러 대가 고장나고 잇몸이 상해야 치과를 찾으니 비쌀 수밖에 없다는 게 치과의사들의 이야기다.

여기서 옛날 개그 한 토막! 어느 치과에 환자가 치료를 하러 갔다. 의사가 "아~ 벌리세요." 하는데 환자가 그만 방귀를 뀌고 말았다. 의사는 "이 어금니 언제부터 썩기 시작했지요?" 하고 물어야 하는데 무심결에 "이 방귀는 언제부터 썩기 시작했지요?"

교동 초등학교 1학년에 다닐 때니까 그때가 아마 1955년 쯤이었을 꺼다! 내가 사는 종로 와룡동에 동동구리무를 파는 할아버지가 왔다. 북을 두드리는 의성어 '동동'에 '크림'의 일본식 발음인 '구리무'를 합친 짬뽕 상표였다. 수염을 기른 할아버지가 아코디언을 어깨에 메고 음악을 연주했고 누군지는 모르겠지만 어린(?) 여자아이가 함께 북을 동동 쳐대며 길거리를 돌아다니면 온 동네 아주머니들이 그 주위로 몰려들었다. 구경거리가 별로 없던 시절이라 나도 아줌마들 틈에 끼어 그들을 구경했다. 연주가 끝나면 물동이만 한 통에서 아이스크림 같은 구리무를 퍼서 팔았다. 아마 돈 내는 만큼 주었을 것이다. 향이 코끝을 기분 좋게 해주고 먼저 산 아주머니들은 손등에 조금 찍어 바르고 코로 냄새들을 맡아보았다. 장사가 끝나면 할아버지와 그 일행은 다른 동네로 갔다.

그날 나는 왜 그랬을까? 그 할아버지를 한참 쫓아다녔다. 그런데 갑자기 할아버지는 우리를 즐겁게 해주려고 했는지 아니면 겁을 주려고 했는지 갑자기 돌아서서 '윗틀니'를 꺼내어 따라오지 말라는 시늉을 했다. 엄마야! 이빨이 몽땅 입 밖으로 나왔네! 우와! 충격이었다. 공포였다. 뭘 잘못 봤나? 놀란 마음에 뒤돌아볼 생각도 못하고 집으로 뛰어 들어왔다. 등에는 진땀이 한 사발 배어 나왔다. 휘유! 후!

무슨 이유인지 모르겠지만 나는 혹시나 그 할아버지가 러시아 사람은 아닌가 하는 생각을 하게 됐고, 러시아 사람들만이 이빨을 뺐다 끼었다 할 수 있구나, 하고 생각했다. 나중에 중학교에 들어가 할머니가 틀니를 하신 걸 보고 그게 틀니였다는 걸 알았고, 그게 러시아 사람만 이를 뺐다 끼었다 하는 게 아니라는 것도 알았다. 지금 생각하면 그 할아버지는 우리에게 겁을 주려는 게 아니고 재미있게 해주려고 틀니를 뽑아 흔들었을 거다. 진땀을 흐르게 했던 틀니에 관한 내 어린 날의 추억이다!

책 이야기 추가 구라 _ 일본 동경에 사는 후배 동민이 처는 아직 삼국지를 못 읽었단다. 집에는 아버지가 사다놓은 삼국지가 있긴 했지만 엄두가 나지 않았던 거다. 어느 해 방학 삼국지를 읽으려고 큰마음을 먹었는데 웬걸! 서가에 꽂혀 있는 삼국지를 1권부터 읽으려 하는데 1권이 안 보이더란다. 아버지에게 물어보니 어떤 놈이 삼국지 1권을 빌려가서 몇 년째 안 가져오는데 가져간 놈이 어떤 놈인지 생각이 안 난다고 하시더래! 오늘날까지 삼국지 못 읽은 이유가 오로지 1권이 없었기 때문이라는 거다.

중학교 때 교회를 다녔는데 우리를 담당하는 중등부 담임은 시나리오를 쓰시는 분이었다. 하이칼라로 머리를 단정하게 빗어 넘기신 잘생기신 선생님이셨다. 나중에 생각해보니 그 당시 대학생이었던 선생님은 늘 검은색 물감을 들인 군복을 입으셨는데, 영화 시나리오를 쓰지 말고 그냥 그대로 영화배우를 하시지 하던 생각이 여러 번 들었다. 목소리도 어찌나 좋은지 지금도 성우 박일이나 양지운 같은 분의 목소리를 들으면 '우리 중등부 담임선생님도 목소리가 저분들처럼 참 좋으셨는데!' 하는 생각으로 그때를 그리워한다. 그분은 또 시나리오를 써서 그런지 책도 얼마나 많이 읽으셨는지 『죄와 벌』이라든지 『호밀밭의 파수꾼』, 『돈키호테』, 『몽테크리스토 백작』 등의 소설 이야기를 늘 해주셨다. 명작의 줄거리를 말해주시고 우리가 거기서 어떤 교훈을 얻어야 할지를 말씀해주시는 거다. 어쩌다 선생님 집에 가게 되었는데 우리 동네 책대여점보다 더 많은 책이 있었다. 책도 책이지만 선생님이 읽으신 책을 정리한 독서카드가 가득했다. 줄거리, 나오는 사람들, 독후감, 그리고 책에서 발견한 중요한 명언들과 일상 생활에서도 써먹으면 좋을 만한 글들을 일목요연하게 정리해놓은 것이었다.

"유성아, 너두 책을 많이 읽으니까 이런 독서카드를 한번 만들지 않을래? 이렇게 정리해 놓으면 나중에 책을 찾지 않더라도 필요한 걸 찾아볼 수 있어서 참 좋단다."

나는 속으로 '맞아, 저런 게 필요해! 나도 만들어야지.' 하고 결심했다.

삼국지 못 읽은 이유가 오로지 1권이 없었기 때문이라는 거다.

그러나 독서카드를 만들었느냐? 안 만들었다. 안 만든 이유는 건방을 떤 거다. 처음엔 나도 독서카드를 만들 생각을 했다. 며칠 지나고 나서 문득 떠오른 생각 하나!

"아이, 내가 지금까지 책을 얼마나 많이 봤는데, 독서카드를 만들려면 내가 지금까지 본 책을 처음부터 다시 읽고 정리해야 되잖아!"

그러나 나중에 생각해보면 그때 생각은 정말로 말도 안 되는 거였다. 중학교 2학년 아해가 읽으면 얼마나 읽었다고 건방을 떨었을까? 고등학교 때 다시 시도해보려고 해도 독서카드를 못 만드는 핑계가 수백이요, 대학에 들어가니 핑계가 새끼를 쳐서 수천, 수만이 되더라니까! 책을 읽을 때마다 문득문득 이거 지금부터 정리해도 꽤 될 텐데, 하기를 1년에 열 번도 넘었다. 아이고 게으른 놈! 이빨만 까는 놈! 어디서 건방 떠는 것만 배워서 '세 살 건방 여든까지 간다.'는 속담을 만들어냈을까?

촉의 건녕(建寧) 태수 곽과(藿戈)는 소복으로 갈아입고 서편 하늘을 바라보며 3일간 목놓아 울었다. 이를 보고 있던 장수가 물었다.

"한나라는 이미 망했는데, 주공은 어찌 항복하지 않으시오."

곽과는 울면서 "교통이 두절되어 우리 주군의 안부를 모르고 있지 않느냐? 만약 위주가 우리의 주군을 예(禮)로서 대우해주는 걸 보고 나서 항복해도 늦지 않을 것이다. 물론 우리 주군이 욕을 보는 때에는 신하된 도리로서 죽을 수밖에 없겠지."

맞다. 그렇다면 낙양으로 사람을 보내서 후주의 소식을 탐문해보자. 여러 장수들이 곽과의 말을 듣고 낙양에 사람을 보내 후주의 소식을 알아보게 했다.

그 즈음 후주가 낙양에 도착했을 때는 사마소가 이미 조정에 돌아온 다음이었다. 사마소가 후주를 보더니 벌컥 소리를 지르며 "공은 어진 선비를 물리치고 정치를 잘못했다. 그러니 마땅히 죽어야 되지 않겠어? 내 말 뭔 말인지 알지?"

후주는 얼굴빛이 흑색이 되어 어찌할 바를 몰랐다. 옆에서 문무백관들이 사마소를 말리며 "촉주는 이미 국가가 망했고 다행히 일찍 항복했으니 눈깔사탕만큼만 용서해주면 안 될까요?"

"알았다."

사마소는 후주 유선을 안락공(安樂公)으로 삼고 주택을 주고 다달이 눈깔사탕 사먹으라고 용돈을 대주었다. 또 비단 1만 필과 밑에서 일할 얼라들 100여 명을 주고 아들 유요와 번건, 초주, 극정 등 군신들을 후작에 봉했다. 하지만 전에 관리들에게 돈 멕이고 살아남았던 환관 황호는 처벌하지 않을 수 없었다. 사마소가 "너는 촉나라를 좀먹고 백성에게 해독을 끼쳤으니, 네 죄는 용서할 수 없다."

"내가 촉을 좀먹었기 때문에 대왕께서 촉나라를 먹는 데 도움이 되지 않았습니까?"

황호가 짜낼 수 있는 멋진 <u>변명</u>이다.

변명 추가 구라 _ 후배 마누라의 이야기다. 어느 날 술 한잔하고 집에 들어갔더니 마누라가 못 보던 밍크코트를 입고 있더란다.

"당신, 그 옷 어디서 났어?"

"오늘 내가 300만 원을 벌었어요."

"뭐? 당신이 300만 원을 어떻게 벌어?"

"당신이 한 달 동안 회사 다닌 월급을 내가 앉은자리에서 벌었다니까요!"

"그래? 그 돈이 어디 있어?"

후배 마누라는 밍크코트를 가리키며 만면에 웃음을 띤 채 "여보, 이게 얼마짜린 줄 알아요?" 하더라나. 어리둥절한 후배가 아니, 이 밍크코트가 300만 원인가?

마누라가 "이 밍크코트가 1,700만 원짜리예요. 근데 아는 사람이 미국에서 직접 두 벌을 가지고 와서 파는데 1,400만 원에 사라는 거예요."

"그래서?"

"바로 샀지요. 1,700만 원 짜리를 1,400만 원에 샀으니 300만 원 번 거잖아요."

"뭐, 뭐, 뭐?"

마누라가 빙그르르 돌며 "어때요, 나한테 잘 어울리지요?" 하니까 후배의 머릿속도 같이 빙그르르 돌더래!!!

황호는 광화문 네거리에서 능지처참을 당했다. 한때 강유의 칼을 면했던 황호였지만 결국 낙양까지 끌려와서 능지처참을 당하고 말았다. 능지처참! 이 말 많이 쓰는데, 능지처참이란 대역죄를 저지른 죄인을 쳐죽인 후 사지를 토막내 각 지방에 보내 너거들은 이렇게 되지 마라, 까불면 이렇게 된다, 하며 겁주는 데 사용했던 형벌이다.

＊죽음이란 야유회 때 멀리서 들려오는 천둥소리 ― W. H. 오든

후한은 십상시가 나라를 좀먹었고 촉한은 황호라는 내시 한 명이 좀먹

능지처참이란 대역죄를 저지른 죄인을 쳐죽인 후 사지를 토막내 각 지방에 보내 너거들은 이렇게 되지 마라,
까불면 이렇게 된다, 하며 겁주는 데 사용했던 형벌이다.

어서 망해뿌렀다! 말세가 되면 임금이 내시에게 정권을 주는 거다. 전에도 말했지만 말세가 되면 내시가 아저씨가 되는 거다. 어릴 때부터 세자들은 내시의 손에서 자라면서 글도 배우고 궁중법도를 배우게 되는데, 그게 바로 세자의 카운슬러 역할을 하는 거다. 어릴 때부터 제일 많이 만나는 사람이 내시다 보니 어려운 일이 생기면 가까운 내시에게 상의하게 된다. 이때 담당 내시는 세자의 성격과 취향을 누구보다 잘 알고 있으니 세자의 능력에 따라 지도를 잘해주는 자가 있는가 하면 비위 맞추는 데만 신경 쓰는 자들이 알랑거리면서 눈과 귀를 막아버린다. 나중에 임금이 되더라도 이 자들이 설쳐대고 알랑거리니까, 그때는 아무리 중신들이 '통촉하옵소서.' 하면서 이마를 기둥에 찧어대며 피를 흘려도 말짱 꽝이 되는 거다.

"폐하, 이마에 피 흐른다고 죽는 거 아닙니다. 저거 오버하는 겁니다. 폐하께서 하고 싶은 대로 하십시오. 폐하가 오야 아닙니까? 오야! 궁궐에서는 오야 마음입니다."

곽과는 후주가 안락공이 되었다는 소식을 듣고 군대를 인솔해 와서 항복하고 말았다. 어느 날 후주는 사마소가 연회를 베푼다며 부르자 제 일착으로 도착했다. 그 연회석상에서 위나라 음악으로 유흥을 돋우자 촉의 관리들은 마음이 서글퍼졌으나 유독 후주는 얼굴이 복숭아처럼 발그레지며 좋아한다. 사마소는 두 번째 순서로 촉나라 연주자들에게 촉의 음악을 연주케 하니 촉 관리들은 눈물이 떨어진다. 하지만 후주는 웃고 즐기느라 바쁘다. 심지어는 콧노래로 따라 부르기까지 한다. '사랑은 아무나 하나~',

'남행열차에~'

사마소는 후주의 하는 꼴을 한참 쳐다보다가 가충에게 "저거 속이 있는 놈이야, 없는 놈이야?" 그리고 나서 "제갈공명이 살아 있어도 저놈은 안 될 놈이네. 그러니 어찌 강유 가지고 되겠는가?"

사마소가 후주를 가까이 오게 해서 술 한잔을 권한다.

"자, 내 술 한잔 받게."

바로 배워서 바로 써먹는 중국어 한마디!

'건배.'는 중국 말로 '干杯.[gān bēi]'

사마소가 유선에게 "촉나라 생각은 안 나우?"

"여기서 잘 지내는데 촉나라 생각이 날 게 뭐 있습니까?"

잠시 후 극정이 화장실에 가는 후주를 따라 나와 "폐하께서는 어째서 촉 생각이 안 난다고 하십니까? 다시 물어보면 울면서 선인 분묘가 촉에 있으니 마음이 슬퍼서 하루도 촉 생각이 안 나는 적이 없다고 말씀하세요. 그러면 진공이 폐하를 촉으로 돌려보낼 것입니다."

"알았다. 근데 넌 오줌도 안 마려운데 그 말 하려고 따라 나왔냐?"

"네."

다시 술자리로 돌아가자 사마소가 다시 묻는다.

"정말 촉 생각이 안 나오?"

"저거 속이 있는 놈이야, 없는 놈이야?"

후주는 조금 전 극정의 말이 생각나긴 났는데, 그게 울면서 말하라 했는지, 말하다 울라고 했는지 헷갈려 머릿속을 정리하는데, 사마소가 싱긋 웃더니 "오줌 누면서 들은 말을 하려고 했느냐?"

"맞습니다. 그게 제가 하고 싶은 말입니다."

좌우의 문무대신들이 히히켈켈 웃어대고 사마소는 속으로 '이런 천치 같은 놈을 봤나?' 하면서 다시는 의심할 필요를 느끼지 못해뿌렀다.

＊ 인간의 최대 유혹은 너무나 작은 일에 만족해버리는 것이다.
　　— 토머스 머튼

조정의 대신들은 사마소가 촉을 멸망시킨 공이 크니 왕으로 받들자고 위주 조환에게 표문을 올렸다. 당시 위주는 비록 천자라고는 하지만 사마소가 정사를 쥐락펴락했으므로 실상은 허수아비에 불과했다. 허수아비는 조정 대신들에게 그리하라 이르고 사마소를 진왕(晉王)으로 삼고 부친 사마의를 선왕(宣王)에 임명하는 결재 서류에 도장을 쾅! 쾅! 쾅! 찍어줬다.

진왕이 된 사마소의 왕비는 왕숙(王肅)의 딸로 두 아들을 두었다. 장자는 사마염(司馬炎)이고, 둘째는 사마유(司馬攸)다. 사마소는 사마유를 마음 깊이 사랑했다. 그러나 형 사마사가 아들이 없었기 때문에 사마유를 양자로 보내 대를 잇게 했다.

사마염

사마소는 항상 말하기를 "천하는 우리 형님의 천하요, 나는 아무 공로 도 없다."

사마소는 진왕이 된 이후에 사마유를 세자로 삼으려고 했지만 주위에서 반대가 많았다. 장자 사마염을 폐하고 사마유를 세자에 봉하면 상서로운 일이 아니라는 이유에서였다.

'둘째는 안 됩니다. 첫째가 해야 합니다.' — '둘째가 해도 괜찮습니다.'

이런 경우 해답이 뭘까? 장자는 약간 모자르고 둘째가 똑똑한 때 말이 다. 전에 장자 대신 차남이 들어섰다가 망한 예를 들어주는 대신들!!!! 못 먹어도 고!!! 아니되옵니다. 되옵니다. 며칠 유야무야하다가 이영부영 장 자 사마염을 세자로 삼았다.

삼국지 사전 **어영부영**[부사, 하다형 자동사] 별 생각 없이 일이 되 어가는 대로 행동하는 모양. 군대에서 때로 고참들이 많이 쓰던 말. 고참들이 "너거들 어영부영할래?" 하면 일부 군졸들은 속으로 '너 는 어영부영 아닌 줄 아냐?'

대신들이 하루는 "금년에 하늘에서 한 사람이 내려왔다고 하는데 신장 이 두 길이나 되고 —그때도 키가 크면 인기다— 발 크기는 3척 2촌이요, 백발에 푸른 수염을 하고, 머리에 황건을 쓰고 비싼 등산용 지팡이를 짚고 말하기를 '나는 백성들의 왕이다. 좀 늦은 감이 있지만 내가 온 것은 천하의 왕을 바꾸고 태평하게 하기 위함이다.'라고 말했다고 합니다. 그 후 3일 간을 저잣거리를 계속 돌아다녔고 홀연히 사라졌다고 합니다. 이건 전하에게 상서로운 조짐입니다. 전하께서는 열두 줄 면류관을 쓰시고 천자의 깃발을 높이 세워 행차하십시오. 그리고 말 여섯 필로 금마차를 끌게 하시고 왕비를 왕후로 삼은 다음 세자를 태자로 세우십시오."

사마소는 기뻐하며 궁중으로 들어가 자축을 하는 의미에서 술상을 들이게 했고 술잔을 들다가 느닷없이 풍을 맞고 쓰러졌다. 갑자기 말을 할 수 없게 된 것이다. 병세가 위독하니 이튿날 태위 왕상, 사도 하증, 사마 순의 등 대신들이 궁 안으로 들어와 문병했다. 사마소는 말할 수가 없어 손으로 사마염을 가리키면서 숨을 거두니, 때는 8월 신묘(辛卯)일이더라.

하증이 주위를 한번 쭉 돌아보며 말하기를 "천하의 대사는 모두 진왕에게 있었으니 태자를 진왕에 모신 후에 장례를 치르는 게 옳은 일이 아닐까 하오."

그날로 사마염은 진왕이 되고 하증은 승상에, 사마망은 사도에, 석포(石苞)는 표기장군에, 진건은 거기장군에 봉했다. 그리고 부친 사마소에게는 문왕(文王)이란 시호를 바쳤다. 장례식이 끝난 뒤 사마염은 가충과 배수를 궁 안으로 불러 "옛날 조조께서 일찍이 말하기를 '만약 나에게 천명이 있다면 나는 주(周)의 문왕이 아니겠느냐?' 라고 하였다는데 과연 그런 사실이 있었던가?"

가충이 대답하기를 "조조는 대대로 한나라의 국록을 먹고 지냈으므로 혹시 세상 사람들에게 반역한다는 비평이 생길까 두려워서 이런 말을 퍼트린 일이 있사온데, 이건 조비를 가리켜 천자가 돼라는 말이었습니다."

사마염이 다시 묻는다.

"우리의 선왕(宣王, 사마의)과 경왕(景王, 사마사)을 조조와 비교하면 어떻소?"

가충이 비교 분석표를 그 자리에서 바로 쓴다.

비교 분석표를 찬찬히 뜯어본 사마염이 다시 묻는다.

"조비 정도가 한나라의 법통을 계승했는데, 짐이라고 위의 법통을 계승하지 못할 법이라도 있는가?"

"조비가 한나라에 조서를 내렸던 사례에 따라서 수선대(受禪臺)를 마련하고 천하에 널리 알린 후 대위(大位)에 오르십시오."

사마염은 기쁘지 않을 리가 없다. 다음 날 칼을 차고 궁궐로 들어갔다. 이때에 위주 조환은 연일 아침 회의도 폐하고 마음이 어지러워 어찌할 줄 모르고 있었다. 사마염이 후궁으로 들어서자 위주는 황망히 용상에서 내려와 영접한다. 진왕 사마염이 자리에 앉아 "내가 볼 때 당신은 글로도 도(道)를 논할 수 없고 싸움으로도 나라를 다스릴 수 없으니 재덕이 있는 사람에게 이 자리를 양보하지 그래~요?"

불량하기 그지없다. 위주 조환이 부들부들 떨며 말을 못하고 있으니, 옆에 있던 황문시랑 장절(張節)이 "진왕, 말씀이 지나치시오."

"뭐가 지나쳐? 나는 하나도 지나치지 않은데."

조조 VS 경왕, 선왕 비교표

작성자 : 가충

조조와 그 패밀리	사마의님과 그 패밀리
화하(華夏)를 뒤덮을 만한 공을 세웠지만 백성들이 그 위엄에 눌려 단지 두려워할 뿐 덕을 우러러 보지는 않았다.	수차례 큰 공을 세우고 널리 은덕을 베풀어 천하의 사람들이 휘하에 모임.
아들 조비가 왕업을 계승한 후 과중한 부역으로 백성들 괴롭힘. 동서로 군사를 일으켜 편한 날이 없었음.	사마소님께서는 서촉을 병합, 공로가 우주를 덮고 남음.

결론 : 어찌 조조의 패밀리와 사마의님의 패밀리를 비교할 수 있겠습니까!!!!!

"이런 역적 놈이!"

"당신 오래 살았구만!"

이 말을 '오래 살았으니 고만 살라.'는 뜻으로 바로 알아들은 무사가 궁정 안에서 장절을 때려 죽였다.

마피아 추가 구라 _ 언젠가 마피아가 나오는 영화를 보는데 재미있는 표현이 나와서 기억하고 있는 게 있다. 마피아 대빵이 누군가를 지목하며 "그놈 나이가 몇이지?"

"마흔 살입니다."

"살 만큼 살았구만!"

죽이라는 소리 안 했다. 다음 장면은 마피아 똘만이들이 그놈을 죽이는 장면이 나온다. 다음엔 "그 녀석, 이 동네 나타난 지 얼마나 됐나?"

"한 2년 된 거 같습니다."

"2년이라? 이 동네 구경은 골목까지 다 했겠구만!"

다음 장면, 그 녀석은 총알을 맞으며 이 동네 골목에서 사라진다. 이태리에 가면 마피아가 하는 경비업체가 있는데, 이 친구들에게 경비를 맡기면 우리나라의 경비업체들처럼 무슨 전자장치를 해주는 게 아니고 그냥 스티커만 하나 떡, 하니 붙여준다. '우리 동네 마피아 아해들이 경비하는 집이다.'라는 표시다. 그 동네 담당 도둑놈들이 담 넘어 들어가려다가 그 스티커만 보면 놀라서 도망간대나 어쩐대나? 거기서 구라가 센 한국 가이드가 해준 말이었다. 하지만 믿거나! 말거나란다.

우리는 여행 가면 자기가 직접 본 것만 말해도 할 말이 세고 셌을 텐데 가이드에게 들은 이야기만, 혹은 인터넷에서 알고 간 정보만 여행담이라고 들려주는 사람들을 많이 봤다. 역사적인 건축물 앞에서 가이드가 한참 설명하고 나서 질문하라고 하면 "여기 땅 한 평에 얼마유?"

그 정도만 물어보면 그나마 다행이다. 주춧돌과 기둥만 남아 있어 폐허 같이 보이는 진귀한 역사적 유물 앞에서 "여기다 아파트나 짓지! 저런 건 왜 남겨둔대유?"

또 아주머니들이 가이드에게 **빼놓지** 않고 하는 질문이 있다.

"가이드분 결혼은 했수?"

"왜요?"

"안 했으면 내가 좋은 색시 하나 소개해주려고 그러지잉~!"

위주 조환은 겁이 나서 무릎을 꿇고 앉아 있는데, 사마염은 "오늘은 여기까지!" 하며 아그들 데리고 퇴궐해버렸다. 조환은 울며불며 가충과 배수를 향해 물었지만 뾰족한 방도가 없었다. 가충이 한참 후 대답하기를 "천수가 다 되었소이다. 폐하께서는 하늘을 거역할 수 없사오니 한나라 헌제를 모방하여 수선대를 세우고 진왕에게 제위를 받으라 하십시오. 하늘의 뜻에 합하고 아래로 백성들을 생각하시면 폐하께서는 다른 근심을 하실 필요가 없을 것입니다."

"…… 그렇게 헙시다."

가충을 시켜 수선대를 수리했다(아마 이때도 공사비 떼어먹는 놈이 있었을 꺼라). 12월 갑자(甲子)일에 조환은 옥새를 받들고 수선대 위에서 문무백관을 모아 진왕 사마염을 청하고 단에 오르고 저는 단 아래로 내려가 두 손을 앞으로 모으고 섰다. 진왕이 수선대에 올라 자리에 앉으니 가충과 배수가 명하여 조환을 땅에 엎드리게 했다. 가충은 목에 힘을 잔뜩 준 목소리로 "한나라 건안 25년(서기 219년)에 한으로부터 위가 제위를 물려받았고 이제 45년이 지났다. 이제 천수가 다하여 천명이 진(晉)으로 넘어오니 사마씨가 황제에 즉위하여 법통을 잇게 됐다."

가충이 조환을 향해 "그대를 진류왕에 봉하고 금용성에서만 살도록 명하니 별도로 부르지 않으면 수도로 들어오지 말라. 혹시 저 불렀어요? 하고 물어보러도 올라오지 말 것!"

조환은 별 도리 없이 새 천자의 명령대로 가련다~ 떠나련다~ 어린 아들 손을 잡고~ 감자 심고 수수 심는 두메산골로~.

다시는 돌아오지 못할 낙양성을 뒤로 하고 눈물을 한 양동이 흘리며 떠나갔다. 태부 사마부가 뒤따라가 울며 "저는 한번 위나라의 신하가 되었으니 죽을 때까지 위나라를 배신하지 않겠습니다." 하고 작별인사를 고했다.

＊ 만나면 반드시 헤어져야 하는 것이 인생이 정한 운명이다. ― 석가모니

＊ 만나고 알고 사랑하고 그리고 이별하는 것이 모든 인간의 공통된 슬픈

이야기다. — S. T. 콜리

＊ 여자는 남자와의 관계가 파경에 이르면 이별 또한 철저하다.

　　　— 프란체스코 알베로니

그날부터 사마염은 위를 계승하여 천자가 되었다. 수선대에 모여 있던 문무백관들은 수선대 아래에서 새 천자에게 절하고 집에서 연습해온 대로 목청을 가다듬어 만세를 불렀다. 이렇게 사마염은 위의 계통을 이어 국호를 대진(大晋)이라 칭하고 연호를 태시(太始) 원년으로 개원함과 동시에 전국에 대 사면령을 내렸다. 사면령을 내린 다음 날 잡혀 들어간 놈은 정말 억울하겠다. 이로써 위국은 완전히 망해뿌렀다. 위나라가 한대로부터 수선대를 건축하고 황제위를 받았던 그 자리에서 겨우 45년 후에 똑같은 규모로 진나라가 위의 제위를 계승하니 천운은 돌고 돈다는 말은 예나 지금이나 숨길 수 없는 사실인가 보다.

　새로 황제가 된 사마염은 자신의 조부 사마의를 '선제'라고 하고 부친 사마소를 '문제'라고 한 후 조상의 사당 일곱 개를 세웠다. 사마염은 태부 사마부를 어여삐 여겨 안평왕(安平王)을 삼으려 했으나 사마부는 그까짓 것 싫다며 <u>시골로 내려갔다.</u>

<u>귀농 이야기 추가 구라</u> _ 얼마 전에 라오스에 가서 평생을 한국에서 공직생활을 하신 분을 만났다. 그분은 나이가 일흔 살이 넘을 때까지 외교관

생활을 하시고 얼마 전 정년퇴임하신 분이다. 중고등학교 마치고 대학 나와 공무원이 되었고 관운이 좋아 외교관으로 지금까지 잘 풀렸다는 거다. 그런데 자기 친구들 중에는 초등학교도 졸업 못한 친구들이 많았단다.

그가 오랜만에 고향에 내려가 어릴 때 고향친구들을 만났다. 친구들은 가족들이랑 평생을 고향을 떠나본 적이 없이 일가를 이루고 살고 있더란다. 그때 돈이 없어서, 또 집안에 일손이 모자라서 학교를 그만뒀던 친구들은 손자 손녀까지 삼대가 평화롭게 살고 있더라는 거다. 자기는 외국으로 몇 년씩 나가 다니다 보니 가족들이랑 같이 있었던 시간이 별로 없었는데 말이다. 지금 생각해보니 그때 학교를 그만두고 고향에서 농사지으면서 가족들이랑 살았던 친구들이 너무너무 부럽더라는 거다. 마찬가지다. 자기 인생만 맞고 다른 인생은 틀리다고 보지 말자. 알고 보면 서로가 서로를 부러워하며 사는 거다.

사마부도 고향에 돌아가 지난날을 회상해보며 회한에 젖었을 거다. 아이고, 이렇게 좋은걸! 내가 왜 이제까지 궁궐에서 "아니되옵니다, 통촉하옵소서, 성은이 망극하나이다."라는 이 따위 말만 지껄이고 살았을까?

큰 건 몇 개 처리하고 한숨을 돌린 진제 사마염은 매일 조회를 열어 오를 토벌할 계책을 강구했다. 오주 손휴는 사마염이 제위를 찬탈한 정보를 접수한 후 오를 정벌하러 올 날이 멀지 않은 것을 예감했다. 손휴는 은근히 사마염을 근심한 끝에 병이 생겨 자리에 누워 일어나지 못했다. 끙끙 앓으며 병이 위독해지자 승상 복양흥(濮陽興)을 궁궐로 부른 후, 태자 손완에 게 절을 하라고 했다. 손휴는 승상의 팔을 붙들고 한 손으로 태자를 가리키 며 세상을 떠났다.

그런데 여기서 궁금증 하나가 생긴다. 사마염이 오를 정벌하러 올 것을 알고 공포에 사로잡힌 손휴는 병이 나서 죽었는데, 이런 걸 심리학에선 뭐 라고 할까? 그냥 쳐들어왔으면 겁을 덜 먹었을지도 모르는데, 분명히 쳐들 어오긴 쳐들어올 건데 언제 쳐들어올지 모르는 심정은 정말 엿 같겠지? 지 가 힘이 세다면 몰라도.

● 구라 심리학 _ 사람들이 걱정이 많아지면 정말 죽을 수도 있을 까? 다른 각도에서 질문을 던져보자.

'스트레스가 심하면 사람들이 실제로 죽을 수도 있을까?'

정신적 스트레스로 인해 신체적인 질병이 나타나는 경우가 있는 데, 이를 정신 신체적 장애라고 한다. 심리적 원인으로 인해 신체적 손 상이 나타나는 경우를 말하는데, 이러한 질병으로는 위궤양, 본태성 고혈압, 관상성 심장질환, 상부호흡기 전염병 등이 있다. 손휴는 사마 염이 쳐들어올 것이란 걱정 때문에 특정 정신 신체적 질환을 겪었을 터이고, 이로 인해 죽음을 맞이하게 됐을 것이라고 짐작할 수 있다.

복양흥은 침전에서 나와서 군신들을 조정으로 집합시켜 상의한 후 태

지난날을 돌아보면
회한에 젖지 않을 자가 누군가!

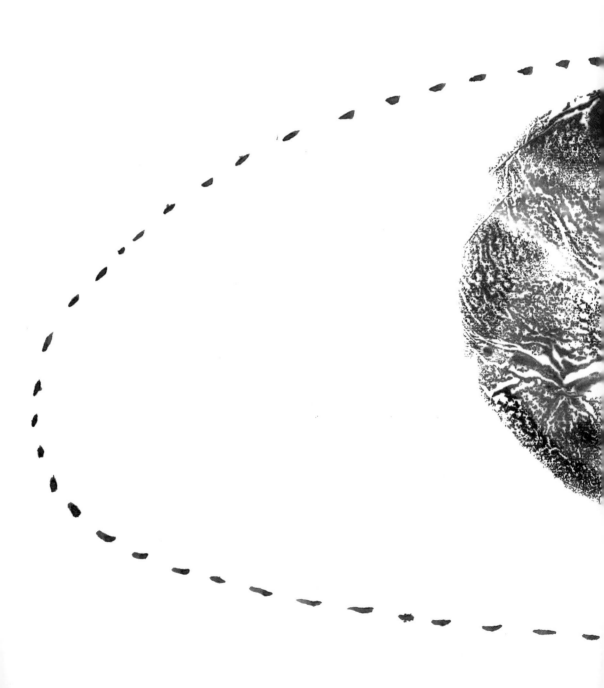

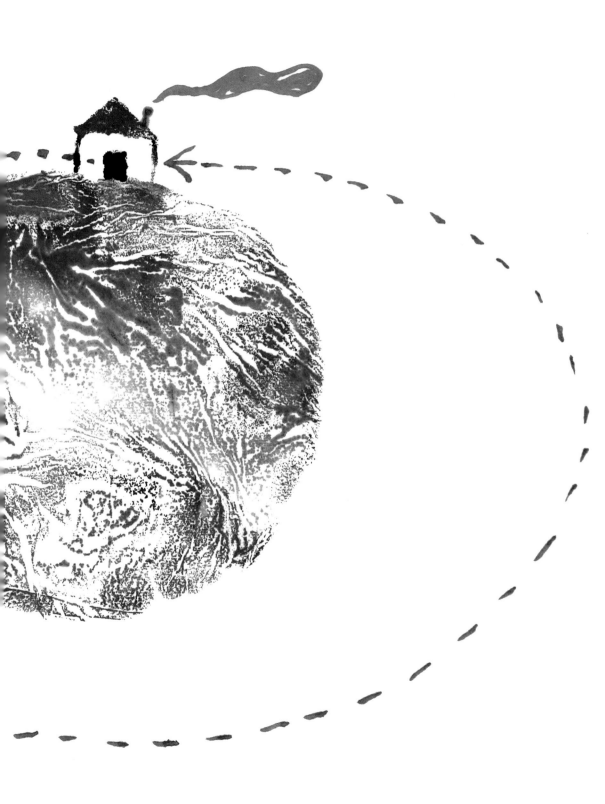

손호

자 손완을 오제로 삼으려 했다. 좌전군(左典軍) 만욱(萬彧)은 이에 반대하며 "손완은 아직 나이가 어려 정사를 돌볼 수 없으니 오정후(烏程侯) 손호(孫皓)를 세웁시다."

벌써 편이 갈라진다. 뭉치는 건 어려워도 편이 갈라지는 건 한순간이다.

좌장군 장포(張布)도 "맞는 말씀입니다. 손호는 벌써부터 제왕의 자격이 충분하오."

바로 배워서 바로 써먹는 중국어 한마디!

'맞습니다.'는 중국 말로 '저.[duì]'입니다.

이리하여 승상 복양흥은 대사를 결정하지 못하고 주태후(朱太后)에게 상의하러 가니, 주태후는 "내 한낱 과부로서 사직의 중대한 사건을 어찌 알겠소. 경들이 잘 의논해서 세우면 나는 따를 뿐이오."

복양흥은 중론에 따라 드디어 손호를 오제로 삼았다. 손호는 손권의 태자인 손화의 아들이었다.

그해 7월에 제위에 오른 손호는 원흥(元興) 원년으로 개원했다가 뭔 일인지는 모르겠지만 다음해에 다시 연호를 감로(甘露)로 바꾸었다. 태자 손완을 예장왕(豫章王)에 봉하고 아버지 손화를 문황제(文皇帝)로 추시했다.

그러나 오국의 운명이었을까. 오제 손호는 군신의 기대를 사정없이 무너뜨리고 기다렸다는 듯이 폭군으로 돌변, 주색을 일삼고 흉악한 일을 벌이기 시작했다. 또 중상시(中常侍) 잠혼(岑昏)을 편애했다. 이를 보다 못한 승상 복양흥과 장포가 바른 말을 하자 손호는 두 사람을 참수하고 삼족을 멸하기에 이르렀다. 대수롭지 않은 일에 일국의 대신 두 명을 아작내니, 조정 신하들이 그 앞에서 충언을 할 리가 없었다.

다양한 아이디어 추가 구라 _ 나라를 맡으면 뭔가 좋은 일을 해서 백성들을 먹여 살리거나 편하게 해줄 생각을 해야 한다. 하지만 왜 지가 먼저 편하려고 할까? 국회의원들은 운전기사를 왜 두나? 혼자 운전 못해? 할 줄 알잖아! 저녁 때 술 마시면 대리 운전을 불러서 서민들 이야기도 좀 들어봐야 할 거 아냐, 서민들이 술 마시고 어떻게 집으로 돌아가는지 알아야 할 거 아냐? 세금 내는 사람마다 억울하게 생각 안 하는 사람들 없더라.

세금 내는 게 왜 억울한지 그들은 알까? 탈세했다는 기사 읽으면 돈다 돌아! 세금 잘못 사용했다는 이야기 들으면 더 돌아! 횡령해서 토꼈다는 소리를 들으면 이제는 도는 게 아니라 "그놈 참 대단한 놈이네."라는 소리가 절로 나오지. 얼쑤! 내가 내는 돈이 구체적으로 어디에 쓰이는지 알고 싶어서 세금 내는 돈에 내 이름을 쓰고 싶어진다. 물론 지폐에 이름 써넣는다고 그게 되지는 않을 거고, 다른 방법이 있다. 내가 내는 세금의 10퍼센트는 자신이 원하는 곳에 기탁을 하는 거다. 가장이 교통사고 내고 어려운 택시기사 아내를 위해서 써달라, 독거노인들에게 담요 사주는 데 써라, 전국의 무좀 걸린 아이들 무좀 약 사주는 데 써라, 애들이 발가락이 얼마나 가렵겠냐? 등등 구체적으로 지정해주는 거다. 세금을 많이 기탁한 곳이 정말 서민들이 필요로 하는 곳이 아니겠느냐 말이다. 그래야 세금 적게 기탁받은 부서의 장관이 신문에 나오든지 텔레비전에 나오든지 나와서 "우리 부서도 돈이 필요합니다. 국민 여러분, 저희한테도 세금을 기탁해주세요." 하고 허리 굽혀 머리를 조아릴 것 아니겠는가?

그리고 시청 앞 가로수는 시민들에게 분양하자. 분양해서 이 나무는 동수네 꺼, 저 나무는 희록이네 꺼, 시민들이 자기가 살고 있는 시에 자신의 나무가 한 그루씩 있으면 자기네 나무 사랑하는 마음이 자기가 살고 있는 시를 사랑하는 마음이 되고 더 나아가 나라를 사랑하는 마음이 되지 않겠냐는 거다.

가족의 날을 만들어 그날 그 나무 아래서 식구들이 만나서 나무를 분양받아놓은 할아버지를 추억하고 할머니를 추억하고 오촌 당숙을 추억하게 하자 이거야! 가족의 날은 왜 필요한가? 결혼기념일, 생일 빼놓고는 없잖아! 그리고 그 나무 아래에 벤치를 가져다 놓고 앉아 있는 건 어때? 가족들이 안 모이면 다른 사람들이 앉는 거야. 지나가던 나그네가 잠시 쉬었다 가게 만드는 거야! 의자가 많은 도시가 좋은 도시가 되는 거야! 우리가 알게 모르게 얼마나 많은 의자의 도움을 받으며 살아가는데! 차를 타도 의자, 전철 타도 의자, 학교 가도 의자, 회사 가도 의자, 공원 가도 의자, 카페 가도 의자, 설렁탕집에 가도 의자, 낚시하러 가도 의자, 배 타고 가도 의자,

우리가 돈을
버는 이유는
근사한 의자에 앉기
위해서다.

비행기 타도 의자, 교회 가도 의자, 의자공장에 가도 의자, 의자 없으면 우리는 못 살아! 마누라 없인 살아도 사랑 없인 살아도 남편 없인 살아도 술 안 마시고 살아도 의자 없인 못 살아! 의자가 얼마나 중요한데.

우리가 돈을 왜 버는데? 좋은 의자, 폼 나는 의자, 근사한 의자, 편안한 의자, 엉덩이 안 박이는 의자에 앉고 싶은 거다! 의자를 국회로 보냅시다. 여러분, 한 표 부탁합니다. 기호 1번 의자에게 한 표를! 와글와글 짝짝짝 까꿍! 의자가 우리의 미래입니다. 해가 떠도 의자, 달이 떠도 의자, 별똥별이 떨어져도 의자, 신경통이 도져도 의자, 의자가 최고야!

식당에 '잡상인 출입금지'만 붙여놓지 말고 '잡의원 출입금지'도 나란히 붙이자. 국경일은 하루만 정해서 어영부영 넘어가게 하지 말고 국경일 주간을 정해서 일주일 동안 유관순 누나, 이순신 형님을 기리게 하면 어떨까. 국경일 하루는 쉬는 날로 정해도 국경일 주간은 신나는 놀이가 기다려야 한다. 악기를 다룰 줄 아는 사람은 다 가지고 나와서 아무 데서나 연주하고 악기 없는 사람은 냄비나 바가지라도 들고 나와서 신나게 두드리도록 한다. 국경일이 재미없으니까 국경일이 되면 휴가 날짜 맞춰서 해외로 나가는 거다.

특히 광복절은 젊은이들의 축제로 만들어야 한다. 해방을 맞았을 때 거리로 나왔던 사람들의 입을 보라. 누구나 벙긋벙긋 웃는 모습이다. 젊은 애들 술 먹고 사고 친다고 해서 한번 하고 없애지 마라! 선진국이랑 비교하지 마라. 그네들도 처음엔 다 그렇게 시작했을 꺼다. 처음에는 술 마시고 소리 치고 싸우고 잡혀가고 그러면서 차차 정신 차리고 성숙해져갔을 꺼다.

그리고 대형마트가 생기면 그 동네 사람들에게 뭔가 혜택이 돌아가게 해야 한다. 동네에 독거노인이 있으면 그분들에게 새로 나온 전기밥솥도 갖다 드리고 옷도 담요도 새 제품으로 갖다 드려야 한다. 안 팔려서 남은 재고품 갖다 주면 안 된다. 신품으로 갖다 줘야 된다.

할인마트가 처음 생기면 신문에 전단지를 끼워서 20퍼센트 할인권, 어떤 건 15퍼센트 할인권 찍어서 돌리는데, 그런 거 하지 말고 자기네 마트 오는 고객들이 어느 동네 사람이 제일 많은가 알아보고 그 동네 사람들 집의 상수도세, 그러니까 물세를 대형마트에서 다 내주는 거다. 다 내주기 아까우면 '물세 반은 저희가 내드리겠습니다' 하고 광고하면 온 동네 사람들 그 대형마트에 다 올 꺼다. 딴 동네 영식이 엄마도 올 꺼다. 광고만 하고 나중에 오리발 내밀지 말고! 이런 거 법으로 정하는 나라가 돼야 한다.

또 있다. 얼마든지 있다. 공무원 시험 볼 때 학력 난에는 초등학교까지만 적어내자. 실력만 있으면 됐지 최종학력은 따지지 말자. 공무원 시험 볼 때뿐이 아니고 회사 입사시험도 마찬가지다.

택시기사 무사고 10년이면 정부에서 해외여행 보내줘야 한다. 그래야 신나지! 법 안 어긴 게 자랑스럽지! 덜렁 메달 하나 주면 뭐 하나? 물론 내가 모르는 혜택도 있겠지만! 또 20년 무사고면 자녀들 교육비도 내주고 25년 무사고면 아파트 살 때 무조건 25% 깎아주는 거다. 잘못하면 딱지 떼서 벌금 내야 하니까 잘하면 당연히 당근도 줘야 하잖아!

역사적인 장소에 초라한 표지판만 하나 덜렁 세워놓지 말자. 예를 들어 독립선언서를 제일 먼저 낭독했던 곳이면 그곳에 작은 동상을 하나 만들어야 한다. 천연두 접종을 처음으로 시작한 지석영 선생 생가에 있는 단순한 표지판을 떼어버리고 천연두 접종하는 아이와 지 선생님의 동상을 만들어야 한다. 동상은 작아야 한다. 누구든지 만질 수 있어야 하기 때문이다. 너무 크면 예산도 많이 들고 사람들도 가까이 가지 않는다. 동상이 많이 세워진 나라가 좋은 나라다. 어린이들에게 장래 꿈이 뭐냐고 하면 "내가 살던 동네에 내 동상이 세워지는 거요.", "나는 커서 우리 동네 느티나

실력만 있으면 됐지 최종학력은 따지지 말자.

주 소	서울특별시 성북수시장동		홍길동	
E-mail	사랑 안녕, 그냥 편지로 해요		호주성명	발령청
	국			
호적관계	호주와의관계	학력및경력사항		
년 월 일	숭덕 초등학교 퇴학			
1998 ?				

무 아래의 동상이 되고 싶어요." 이런 대답을 할 수 있도록 해야 한다.

동상이 많아야 한다. 만질 수 있어야 한다. 만질 수 있어야 친근감이 생긴다.

공항은 사람들이 늘 비행기를 기다리는 곳이다. 공항에서 외국인들이 한국 말을 배울 수 있는 부스를 만들어야 한다. 기다리는 시간에 부스에 들어가서 '안녕하세요.', '또 만나요.', '감사합니다.', '동부이촌동에 가고 싶어요.', '안녕히 가세요.' 정도는 가르쳐야 한다. 우리도 다른 나라 나가면 그 나라 사람들이 알아듣는 언어로 길을 물어보기도 하고 우체국을 찾아가기도 한다. 근데 외국인들이 이 나라에 와서 이 나라 말을 안 쓰고 지네 말로 뭘 물어보는 거 별로 기분 안 좋다. 우리나라 사람이 미국 사람을 만나 영어를 잘하면 그 나라 사람들이 좋아하는 것처럼 다른 나라 사람들이 우리나라에 와서 우리 말을 몇 마디라도 하면 우리나라 사람들에게 귀여움을 받는다는 걸 알려야 한다.

5

우리 시대는 지금 어디쯤인가

– 이름 없는 단역들이여, 이제는 그대들이 주인공이다

손호는 얼마 후 다시 연호를 보정(寶鼎)이라고 개원하고 육개(陸凱)와 만욱을 좌우 승상으로 삼았다. 이때 손호는 무창(武昌)이란 곳에 머물러 있었는데, 양주 백성들은 진상품을 바치느라 뼛골이 빠졌다. 손호의 일상생활이 극도로 사치스러웠기 때문에 백성들은 생필품 구하기도 힘들었다. 또 무창이란 곳은 도읍지로 할 만한 도시가 아닌데도 손호가 바락바락 우겨서 건업을 버리고 무창에 토목공사를 일으켰고, 대소 관원들은 나무를 구하러 산으로 출퇴근을 하는 지경에 이르렀다. 손호의 사치는 이제 중독 수준이었다.

● 구라 심리학 _ 사치의 문제를 생각할 때는 먼저 어떤 행동을 사치스러운 행동이라고 하는지를 따져봐야 한다. 객관적으로 비싼 물건(예를 들자면, 수백만 원짜리 핸드백)을 구매했다고 해서 무조건 사치스러운 행동이라고 할 수는 없다. 사치스러운 행동인지 그렇지 않은지는 구매자의 경제력에 따라 결정되기 때문이다. 연봉이 수십억 원에 달하는 사람이 수백만 원짜리 핸드백을 사는 것은 결코 사치스러운 행동은 아니다. 마치 연봉이 3~4천만 원인 사람이 몇만 원짜리 핸드백을 사는 것과 크게 다르지 않기 때문이다. 그러나 연봉이 3~4천만 원인 사람이 몇백만 원짜리 핸드백을 사는 것은 분명 사치스러운 행동이다. 그렇다면 어떤 사람들이 사치스러운 행동을 할까요? 심리학 연구에 따르면, 자기 존중감이 낮은 사람들이, 즉 아무것도 내세울 것이 없다고 스스로 생각하는 사람들이 사치스러운 행동을 한다고 한다. 자신의 부족함을 사치스러운 것으로 메우려고 한다는 이야기다.

육개가 상소를 올렸지만 별 소용도 없었다. 문무관원들은 투덜투덜. 이런 와중에 점쟁이 상광(尚廣)을 불러 자신이 천하를 얻을 수 있는지 묻기도 했다. 상광의 말이야 뻔하지 않겠는가.

"폐하께서 길조 점괘를 얻으시와 경자년(庚子年)에는 낙양으로 들어갈 것입니다요."

주변에는 이런 바람잡이들이 많다.

손호가 화핵을 불러 물었다.

"짐이 옛 한나라 영토를 다시 찾아 촉주의 원수를 갚으려고 하는데, 어느 땅을 먼저 취해야 할까?"

손호가 말도 안 되는 술 취한 소리를 하니, 화핵은 "지금 서촉이 망한 뒤 사마염은 동오를 삼키려는 수작을 부리고 있사오니 폐하께서는 덕을 쌓아 오나라 백성들을 안심시키는 게 상책입니다. 괜히 군대를 억지로 일으키면 섶을 지고 불길로 뛰어드는 것과 같으니 폐하께서는 통촉하옵소서."

손호가 대로하여 "짐이 하려는 일에 네가 뭔 불길한 헛소리냐? 옛정을 생각해서 목은 안 딸 터이니 내 앞에서 썩 꺼져라."

화핵이 궁궐 밖으로 나와 목덜미를 왼손으로 문지르며 "이 금수강산이 조만간 망해먹겠구나." 하고 은둔생활을 하러 강원도 산골로 들어가버렸다. 손호는 육항에게 명령을 내려 군사를 강 어귀에 주둔시키고 양양을 공격하라고 했다.

이 소식이 낙양에 전달되니 사마염은 군신을 소집하고 깔깔 웃어댔다.

"이놈, 정말 웃기는 놈이네!"

가충이 "애들을 시켜 알아보니 손호는 덕을 쌓지 않고 무도한 폭군이 되었다 합니다. 폐하께서는 도독 양호(羊祜)에게 조서를 내리사 막게 하시고 동오에 변이 생김을 기다려 공격을 하면 손바닥을 뒤집듯 동오를 헐값에 얻을 수 있을 것입니다."

조정의 조칙을 받은 장수 양호는 성을 지키기만 하고 싸우지 않았다. 오군은 아무리 쳐들어가도 대적을 하지 않으니, 군사들의 사기가 물에 불은 국수가락처럼 해이해졌다.

한 부장이 양호를 찾아와 "적들의 사기가 해이해졌으니, 지금 나가서 싸워야 합니다."

양호는 "너희들은 육항을 얕보는구나. 그는 꾀가 많은 장수다. 우리는 모른 체 지키기만 하자. 오나라에 내란이 생기면 그때 쳐도 늦지 않다."

진장 양호와 오장 육항은 서로 국경선을 넘지 않고 대치만 하면서 세월을 보내고 있었다. 얼마 후 오제가 보낸 사신이 육항을 찾았다.

"뭔 일인가?"

"천자께서 속히 군사를 이끌고 나가 적군을 공격하여 그들이 선수 치지 않게 하시랍니다."

육항은 지금 진나라를 정벌할 수 없으니 오주는 덕을 닦으라는 권고를 했다. 오주 손호는 그 말을 듣고 화를 벌커덕 내며 사신을 향해 재떨이를 날린다. 옛날에 재떨이 날리던 사장 놈들 많았다. 오주는 육항을 강제 예편시키고 그 자리에 좌장군 손기(孫冀)를 임명했다. 이때 승상 만욱, 장군 유평(留平), 대사농(大司農) 누현(樓玄) 3인은 손호의 무도한 짓을 더 이상 눈감지 못하고 <u>직언을 했지만</u> 결국 참수되고 말았다. 손호가 등극한 전후에 충신들 40여 명이 저 세상으로 떠나버린 것이다.

대꾸 추가 구라 _ 초등학교 5학년 아이가 3학년짜리 자기 동생을 한 대 때린다. 아비가 옆에서 보고 있다가 "너 임마, 동생을 왜 때려?"

"성질나게 굴잖아요."

"성질이 나도 그렇지. 말로 해도 되잖아."

"제가 성질이 급해서 잘 못 참겠어요."

"그래도 형인데 성질나도 좀 참고 말로 야단쳐도 되잖아."

"아버지도 좀 참으시면 안 돼요? 아버지도 성질을 참지 못해서 나를 야단치는 거잖아요!"

실제로 있었던 이야기다. 아버지는 할 말이 없더란다.

강원도 정선 카지노에 근무하는 직원들을 상대로 강의를 하러 갔다. 이번에 간 김에 카지노에 관한 정확한 룰을 알아보고 싶어서 교육 담당 직원에게 말했더니 매장을 한 바퀴 돌면서 룰렛, 바카라, 블랙잭에 관한 룰을 설명해주었다. 그러나 설명을 듣는다고 해서 금방 다 알 수는 없잖아! 나중에 그 동네 사는 친구랑 같이 바카라 하는 곳에 갔다. 잘 모르는 게 있어서 동네 사는 친구에게 물어봤더니 이 친구의 목소리가 원래 좀 크다. 한참 설명을 하고 있는데 갑자기 웬 아주머니가 "시끄러워요. 좀 조용히 해요!" 하고 신경질적으로 소리를 질렀다. 이 아주머니가 미쳤나? 자기 목소리는 조용한 줄 아남?

'아줌마, 돈 많이 잃었지요? 잃어서 약 올라서 우리한테 화풀이하는 거죠? 내 말 맞지요? 얼마나 잃었어요? 예?'

'노름하는 데가 학교도 아니고 왜 조용해야 하는데요? 아줌마가 여기 반장이에요?'

'아줌마 정말 못되게 생겼네요.'

'잃었구나 잃었어.' 이렇게 말하고 싶었지만 참았다.

학교도 아닌 노름판에서 시끄럽다는 게 말이나 되는 건가?

육항이 좌천되고 손호가 날로 미쳐 날뛴다는 소식이 양호에게 전해졌다. 양호가 사마염에게 표문을 올렸다.

"살펴보건대, 지금 적들이 주둔하고 있는 강회(江淮) 땅은 험준하기가 검각(劍閣)보다 더하고 손호의 폭정은 유선보다 심하여 오나라 백성은 촉나라 백성들보다 고생이 더 심합니다. 드디어 때가 왔습니다. 우리 대진의 병력이 오나라의 병력보다 월등히 강하오니 이제 사해를 평정할 때가 된 듯합니다. 하늘이 기회를 주시었으니 어쩌구저쩌구……"

하지만 어쩐 일인지 양호의 표문은 기각을 당한다.

함령(咸寧) 4년 양호는 낙양으로 돌아가 신병을 핑계대고 고향으로 가겠다 하니 사마염이 물었다.

"하고 싶은 말이 뭔데?"

"손호는 포학이 심하여 지금 같은 상황에서는 싸우지 않고 이길 수 있습니다. 만약 손호가 불행히 죽고 현군이 들어서면 오나라는 폐하의 힘으로 치기 어려울 것입니다."

"그렇다면 경이 군대를 끌고 나가면 어떨꼬?"

"신은 나이도 들고 잔병치레가 많아 중임을 감당하지 못합니다. 폐하께선 젊고 신선한 장수를 선택하소서."

"알았다. 고향으로 가라."

양호의 천거로 두예(杜預)가 양양에 주둔한 후 오를 정벌할 준비를 시작했다. 두예는 군인답게 언제나 병서를 손에 놓지 않던 준비된 군인이었다. 하지만 양호는 병이 깊어 죽고 말았다.

오주는 연회를 자주 열었고 연회를 열 때마다 군신들을 취하게 했다. 살다보니 남들이 토하는 거 보고 좋아하던 놈도 있더라! 연회가 끝날 때쯤 술 마시던 태도, 매너 등등을 종합점수로 매겨 점수가 낮은 자는 얼굴을 깎고 눈을 빼는 극형에 처하기도 했다.

진주 사마염은 이제 동오 정벌의 시기가 무르익었다고 생각하고 수륙군 20만을 출동시켰다. 그간 준비한 전투선만 해도 수만 척이었다. 사마염은 두예를 진남대장군(鎮南大將軍)에서 대도독으로 높여서 임명하고 전투에 앞장세웠다. 이 소식이 동오에 전달되니 먹었던 술이 확 깼다.

술이 확 깨는 일이 언제 있었는가. 어떤 사람은 정종 데워 먹다 커튼에 불난 이야기를 해줬는데, 정말 술이 확 깰 일이다. 그런데 느낌만 술이 확 깨는 건지, 아니면 지금까지 마시던 술이 깨어 술 마시기 전의 상태로 돌아간 건지 정말 궁금하다.

술이 확 깬 오주 손호는 중신을 소집해 대책회의를 열었다. 이때 승상 장제가 "거기장군 오연(伍延)을 대도독으로 삼아 강릉에 출병시켜 두예군을 막게 하고, 표기장군 손흠(孫歆)은 하구를 막게 하고 신도 감히 장수가 되어 좌장군 심형(沈瑩), 우장군 제갈정(諸葛靚)과 함께 10만 군을 이끌고 우저(牛渚)에 나아가 적군과 붙어보겠습니다."

"알았다. 그리해라."

손호가 그렇게 대답을 하긴 했지만 회의가 끝난 후 얼굴에 근심이 가득 차서 후궁에 들어가니 중상시 잠혼이 그 연고를 물었다.

손호가 걱정스러운 듯이 "진병이 쏟아져 온다고 해서 여러 곳의 군사들에게 나가서 맞서 싸우라고는 했지만 진나라 장수 왕준이 사기가 높은 수만 명의 군사를 이끌고 온다고 하니, 어찌 걱정이 안 되겠느냐?"

잠혼이 "신에게 계교가 있으니 걱정 마십시오. 왕준네 배를 부서지게 하겠소이다. 강남에는 쇠가 많습니다. 그 쇠로 쇠사슬을 만들어 배를 막고 쇠못을 만들어 저들이 내려오는 강에 설치해 놓으면 그 배들이 쇠사슬에 걸려 넘어져 자빠지고 쇠못이 배의 곳곳을 뚫어 그들을 막을 것입니다요."

"거 참 훌륭한 생각이로다."

말이 끝나자마자 애들 집합시켜서 철공장을 세우고 쇠사슬과 쇠못을 만들기 시작한다. 이때에도 중국 애들은 <u>인건비가 쌌을 것이다.</u>

'삥치기' 추가 구라 _ 인건비, 이거 절대 떼어먹으면 안 되는 건데, 아직도 인건비 가지고 장난치는 아해들이 도처에 깔려 있다. 통기타 살롱에서 연예부장으로 오래 일했다. 그렇다고 연예부장이 뭐 큰 벼슬은 아니고 그곳에 출연하는 통기타 가수를 뽑기도 하고 노래하는 시간도 정해주고 누가 펑크내면 대타 세우는 일도 하는 거다. 이걸 벼슬로 생각하는 연예부장들도 더러 있었다. 우선 말하는 게 다르다. 저도 그 살롱의 직원이면서 자기네 살롱에 출연하는 가수들을 일컬어 "내가 데리고 있었어."라고 말한다. 데리고 있었던 게 아니라 같이 있었던 거다. 심지어는 "내 밑에 있었어." 하는 연예부장도 있다. 나도 숱하게 들은 말이고 한 말이다.

"후배 개그맨들 좀 데리고 내려와.", "출판사 사장 아들을 데리고 파리에 갔다 왔어!"

하지만 내가 비행기 삯을 내준 것도 아니면서 그런 표현을 하는 건 좀 그렇다. 아무래도 "출판사 사장 아들이랑 같이 파리에 갔다 왔어." 하는 게 낫다. 연예부장이 출연자들의 돈을 떼는 일이 종종 있었다. 출연료의 10퍼센트를 떼는 거다. 왜 떼냐? 연예부장 눈에 안 들면 짤리니까! 그걸 이용해서 공식적으로 10퍼센트를 떼어준다. 노는 아해 일 시켜주니까! 일해서 좋고, 일 시켜줬으니 수고비 떼고, 누이 좋고 매부 좋은 거라는 인식이다. 공식적으로 떼는 거야 말 그대로 관례라고 하더라도 그 후에 교묘하게 떼어먹는 여러 가지 수법이 있다.

우선 돈 빌리는 수법이 교묘하다. 내가 일할 때 무명의 통기타 가수들이 받는 한 달 출연료는 10여만 원이었다. 물론 더 많이 받는 가수들도 있고 훨씬 덜(?) 받는 가수들도 있다.

"야, 남훈아, 3만 원만 빌려줘!"

10만 원 받는 출연자가 갑자기 3만 원을 빌려 달라고 하면 바로 그 자리에서 지갑 꺼내 "네, 여기 있어요." 하고 말할 수가 없다. 자기 출연료의 3분의 1을 가지고 다니는 출연자는 거의 없기 때문이다.

"없는데요."

당연히 없으니까 없다고 말한다. 그러나 돈 빌리는 연예부장도 이미 알고 있다. 그 무명 통기타 가수가 3만 원을 가지고 있지 않다는 것을. 근데 어찌 없는 걸 빌려 달라고 했더란 말이냐, 수일아! 하지만 김중배는 알고 있다, 뻥치는 법을!!! 여기서 명대사가 한마디 나온다.

"없어? 그럼 니가 있으면 빌려줄 꺼냐?"

대답은 뻔하다.

"그럼요, 있으면 빌려드리지요."

바로 여기서 결정적인 대사가 나온다. 가수 입장에서는 확 깨는 대사가 연예부장의 입에서는 시속 180킬로미터로 나온다. 자기 주머니에서 돈을 꺼내 무명가수에게 주면서 "그래, 그럼 네 앞으로 5만 원 가불해 놓을게."

여기서 안 빌려줄 천하장사는 없다. 출연자들의 출연료를 업주가 직접 주는 경우도 있지만 대개는 연예부장의 손을 거쳐서 나간다. 또 업주가 직접 주더라도 10퍼센트는 업주 모르게 떼는 경우가 많다. 출연료로 5,000원을 받건 5,000만 원을 받건 출연자는 한 달 후에 생길 출연료를 가지고 뭘 할까 계획을 짠다. 가수의 입장에서는 이 계획이 한순간에 무너지는 거다. 3만 원 빌려줄 때 덤(?) 비슷하게 자기가 자기 돈 2만 원 받으면서 당장 현찰이 생기니 그 순간은 그리 나쁠 것도 없다는 생각이 든다. 또 가불은 대체로 연예부장을 통해서 할 수 있는 거니까! 하지만 한 달 수입은 부스러기 돈이 돼버린다. 그러면 10퍼센트를 언제까지 떼어줘야 되는가? 그 집에서 일하는 동안은 영원하다. 가령 한 친구가 10퍼센트를 안 주겠다고 해봐라. 이 친구는 업주한테 뭔 말을 해서라도 이 친구를 자르게 할 건 뻔하기 때문에 안 준다고 할 수가 없다. 고도의 수법이 동원되는 경우도 있다. 보통 두세 달 계약을 하고 들어간다. 두세 달이 지나면 업주가 다시 불러서 일을 더할 것인지 아니면 가게가 장사가 안 되니까 정리하자고 하든지 결정하게 된다. 이때 연예부장이 자기 말을 잘 안 듣는 친구를 부른다. 이 친구가 가령 10만 원을 받는 가수라고 가정해보자.

"야, 남훈아, 너 사장이 이번에 부르면 가서 출연료 올려달라고 해."

"네?"

"내가 볼 때 너는 다른 데 가면 30만 원은 충분히 받을 수 있어. 그러니까 이번에 사장이 너를 부르면 무조건 다시 일하는 조건으로 이번 달부터 출연료를 30만 원 달라고 해."

가수를 붕 띄워주는 거다.

'그래, 맞아. 나는 30만 원짜린데 이 집에서 10만 원을 받고 있는 거야. 알았어, 사장을 만나면 출연료 올려 달라고 해야지.' 하는 결심을 하게 만든다. 사장이 면담을 하자고 부르면 사장실로 들어가서 "저 이번 달부터 출연료 좀 올려주시면 안 돼요?"

이 녀석이 노래를 잘 부르면 사장은 그나마 이렇게 물어본다.

"얼마나?"

"30만 원으로."

"뭐? 30만 원?"

"네."

사장은 돌아버린다. 2만 원도 아니고 3만 원도 아니고 10만 원 받던 아해가 갑자기 출연료를 세 배나 올려 달라니까!

"알았어. 생각해보고 연락해줄게."

가수가 나오면 바로 연예부장이 불려 들어간다.

"저 새끼, 미친 거 아냐?"

"왜요?"

"갑자기 출연료를 세 배나 올려 달라는 거야."

"쟤가요?"

"응."

"그래서요?"

"저거 짤라버려."

연예부장은 사장실에서 나와서 아까 그 가수에게 사장 욕을 막 해댄다.

"씹새끼 사장새끼, 정말 무식한 새끼야. 너를 짤르랜다. 지가 음악을 알긴 뭘 알아? 그냥 돈만 아는 양아치새끼야, 내가 딴 데 알아봐 줄 테니까 관둬라 관둬. 넌 여기서 썩을 놈이 아니야."

"……!!!"

가수는 그래도 자기를 30만 원짜리로 알아주는 연예부장이 고맙기만 하다. 게다가 다른 업소를 알아봐준다니 감격스럽기까지 하다. 그러나 그 날부터 그 친구는 백수가 되는 거다. 누가 그 친구를 30만 원에 불러 쓸 것인가? 아무도, 아무 데도 없다. 졸지에 30만 원짜리가 된 캬슈는 이제나저제나 자기를 불러줄 곳을 찾지만 아무 데서도 안 불러준다. 이러구러 한 서너 달 백수로 지내다 보면 그냥 10만 원이라도 아니면 5만 원이라도 받고 그냥 노래할 걸 그랬나? 후회한다. 연예부장한테 연락해봐도 별 뾰족한 대답은 못 듣고 "요즘 장사들이 안 돼서 그러니까 쫌 기다려봐." 하는 소리만 몇 차례 듣는다. 다시 세월이 흐르면 연예부장 쪽에서 먼저 전화가 걸려와 되레 묻는다.

"야, 지금 일하냐?"

"아뇨, 놀고 있어요."

"언제 시간 날 때 가게 한번 나와라."

"네."

마음 같아서야 당장 달려가고 싶지만 꾹 참고 있다가 2~3일 뒤에 연예부장을 찾아간다.

"지나는 길에 들렀어요."

"그래, 잘 왔다. 어떻게 지냈나?"

"그냥 여기저기 알아보면서 지냈어요."

"야, 여기서 다시 일할래?"

백수로 놀던 가수는 귀가 번쩍 뜨인다.

"네."

"근데 말이야, 사장새끼가 워낙 무식해놔서 돈은 전에 받던 대로 받아라. 일하다가 또 좋은 데 나오면 내가 소개해줄께."

"네, 감사합니다."

그런데 이놈의 연예부장은 사장한테 가서 "그놈 제가 다시 데리고 왔어요. 30만 원 달라고 우기더라구요. 하지만 놀고 있다고 하길래 전에 받던 거 받고 하든지 말든지 알아서 하라고 했어요."

"그래? 그럼 니가 알아서 해."

"네."

이렇게 가수는 다시 일을 시작하게 되는 거다. 몇 달 개털로 놀던 그 가수는 연예부장에게 마음속 깊이 감사한 마음을 갖고 다시 일하는 거다.

'그래, 내가 비록 무명이지만 나를 알아주는 연예부장 밑에서 일을 열심히 해야지.'

다시 일하면 그때부터는 10퍼센트를 떼어도 좋고 20퍼센트를 떼어도 군소리 없이 일하게 된다. 얼씨구! 돈을 떼는 날 연예부장은 그를 다시 불러 앉혀 놓고 "많이 못 받아줘서 미안한데 놀면 뭐 하냐? 일이라는 게 그렇잖냐. 어딘가에서라도 일을 하고 있어야 또 일이 들어오는 거야. 그러니까 열심히 해라. 자, 한잔해!"

가수는 돈 떼이고, 술값까지 낸다. 연예부장에게 코가 꿰이게 되는 거다. 이것 말고도 더 악랄한 수법도 있다. 내가 돈 받는 날만 되면 마누라가 아프다, 애가 아프다 해서 내 돈 뜯어가던 놈들도 있었다. 또 어떨 때는 지가 일하는 집도 아니고, 내가 다른 집에서 일하고 있는 데도 돈 받는 날을 용케 알아가지고 나타나 뜯어가는 거다. 지 마누라 아프고 애 아픈데 내가 왜 돈을 내야 되는지도 모르겠고 해서 몇 번 뜯기다가 한번 따졌다.

"왜 내가 돈 생길 때만 되면 애가 아프고 형수가 아프냐?"

눈 똑바로 뜨고 한 대 맞을 양하고 따졌더니 그때부터 안 나타나더라. 또 어떤 놈들은 동생 놈이 빵에서 나왔는데 점심도 못 먹었다는 거다. 소주 한잔 사줄 돈도 없어서 동생을 소줏집에 앉혀 놓고 나왔으니 돈 좀 달라는 놈도 있고 동생이 빵에서 나와 마음잡고 장사하는데 하나 팔아 달라고 인삼제품을 들고 와서 박스에 적혀 있는 가격 그대로 받아간 놈도 있었다. 나쁜 새끼들!

또 이런 것도 있다. 오디션을 일주일씩 보게 하는 수법이다. 네 명을 일주일씩 오디션이란 명목으로 일을 시키면 합계가 4주일이라 한 달 월급이 고스란히 떨어지는 거다. 그러니까 첫 달 들어가서 일하려면 5주일을 한 달로 치는 거다. 가수들은 어차피 그 집에서 일을 하려고 마음먹었으니 일주일 정도는 그냥 해줄 수 있는 거다. 같이 출연하는 다른 가수들에게 물어봐도 다들 그랬다니까 멋도 모르고 해주는 거다. 거기다가 또 10퍼센트를 떼어가니, 이게 뭔 도둑놈들인지!!!!

개그맨 후배 중에 한 명이 나한테 상의할 게 있다면서 찾아왔다.

"형, 상의할 게 있어요."

"뭔데?"

"연예부장이 나한테 10퍼센트를 달래요."

"그래서?"

"처음엔 연예부장이 소개를 해줬기 때문에 10퍼센트를 줬거던요. 그것도 두 달치를!"

"근데?"

"이번엔 사장이 직접 나를 불러서 두 달 더 하자는 거예요."

"그래? 그럼 연예부장한테는 주지 마."

"안 주면 연예부장이 뭐라고 그럴 거 아니에요?"

"그럼 줘."

"사장이 직접 나를 쓰겠다고 했다니까요!"

"그럼 주지 마."

"그럼 연예부장이 뭐라고 그럴 거 같아서요."

"그렇지, 그럼 10퍼센트 줘."

"사장이 나를 직접 쓰겠다고 했는데도 줘야 되는 거예요?"

"그럼 주지 말라니까!"

했던 얘기 또 하고 또 하고, 같은 말이 돌고 돈다. 나중에 짜증이 나서

"야, 이 새끼야, 주든지 말든지 맘대로 해. 이게 상의하러 온 거야, 말따먹기 하러 온 거야?"

"그래도 부장이 달래는 거예요."

"그럼 줘, 이 새끼야!"

"그게 아니라 사장이 직접 섭외한 거라니깐요."

"그럼 주지 마, 고만해! 이 새끼야!!!!"

나는 소리를 냅다 질렀다. 피곤한 놈!

이렇게 인건비 삥치는 것말고도 우리 주위에는 삥돌이들이 너무 많이 있다. 지하철 처음 생겼을 때 개통하자마자 표 빼돌려 팔다가 짤린 아해들도 있고—그 직장에서 생활을 시작한 지 얼마나 됐다고—자녀들이 학교를 졸업하고 큰 회사에 못 들어가면 으레 엄마들이 하는 소리가 있었다.

"우리 아이가 취직한 회사가 월급은 작아도 생기는 게 많대요." 하던 시절이 있었다. 여기서 '생기는 게' 뭔가? 삥인 거다. 삥! 버스 차장이 있던 시절 차장들이 삥을 친다고 '삥땅'이란 말을 쓰면서 어린 누이들 일 끝나고 돌아갈 때 회사에서 몸수색을 하던 적도 있었다. 남산 터널에 100원짜리 동전 넣고 다닐 때도 그 동전을 슬쩍해버린 직원 이야기도 있다. 그때 짤린 그 직원이 혹시 이 책 보는 거 아냐?—오죽 월급이 작았으면 삥을 쳤을꼬? 쯧쯧—

'삥'이 남의 것을 해먹는 것을 통칭한다면 우리 집도 자유로울 수 없다. 셋방살이를 하던 시절 주인집 몰래 전기다리미를 썼다. 전기다리미를 쓰다가 주인 아들에게 적발되어 주인 여자가 방방 뜨던 부산 초장동 시절이 있었다. 전기다리미를 밤에 쓰면 틀림없이 걸린다. 왜냐하면 갑자기 전압이 올라가는 바람에 멀쩡하던 전구가 깜빡깜빡 빛이 약해지기 때문이다.

"누가 다리미 쓰냐?"

주인집에서 세들어 사는 사람들에게 한바탕 고함을 지른다. 낮에는 아무도 전기를 사용하지 않으니까 전구가 깜빡거릴 리가 없다. 다려야 할 세탁물들을 잽싸게 다리면서 집안 형제 중 한 명은 주인집의 동태를 살피기 위해 망을 보기도 했었다.

삥이란 말은 나중에 100원을 최소 단위로 하는 포커판에서 사용하는 용어가 되었다. 그래서 '삥발이 한번 할래?' 하면 '포커 할래?'가 되고 100원짜리 한 개 던지면서 '삥~'이라고 말한다. 요즘은 단위가 커져서 1,000원짜리가 최소 단위가 됐다. '삥' 하지 않고 '1,000원!' 하면 촌스러운 거다. 여기에서 '1,000원 받고 1,000원 더' 하면 이거 역시 산골스러운 거다. 줄여서 '삥!' 하고 1,000원을 던지면 '삐빙~!' 하면 '1,000원 받고 1,000원 더'가 되는 거다. 노름판에서 먼저 생긴 말인지 차장에게서 먼저 생긴 말인지 이거 누가 한번 학구적으로, 역사적으로 짚어봐야 할 거 같다. 우리는 여기서 약어를 사용해서 삥 잘 치는 사람을 '삥돌이'라고 한다. 돌이! 얼마나 정감 있는 이름이냐?

삥돌이들은 머리를 무진장 잘 쓴다. 확인이야 직접 못했지만 전설적인 삥돌이 이야기를 들었다. 군대에 납품하는 콜라나 사이다를 정량보다 5밀리리터쯤 덜 넣어서 그 차액을 삥쳤다는 이야기를 듣고 정말 기발하다는 생각을 했다. 삥돌이도 머리가 삥삥 돌아가지 않으면 안 된다는 훌륭한(거지같은) 예다.

강릉에 도착한 진나라의 도독 두예는 주지(周旨)에게 명령해 수군 800여 명을 작은 배에 태워서 장강(長江)을 건너게 하고 낙향(樂鄕)을 습격하게 했다. 낙향을 얻은 진군은 삼림 속에 깃발을 많이 세워 낮에는 포를 쏘고 북을 울리게 하고 밤에는 각처에 불을 켜게 했다.

이튿날 두예의 수륙군이 일제히 전진했다. 동오 편에서는 오연이 육로로 나오고 육경(陸景)은 수로로, 손흠은 선봉이 되어 3로군이 대적했지만 한 번의 교전에 오의 장수 셋이 전사하고 강릉을 빼앗기고 말았다. 강릉을 날름 먹어치우고 입맛을 다실 때쯤 부근에 있던 수령들이 전부 와서 항복해버렸다. 두예는 이에 힘입어 무창을 무자비하게 공격했고, 그곳 역시 별다른 반항을 하지 못한 채 두손 두발 들었고 말들도 덩달아 꼬리를 들었더라.

두예의 군세는 갈수록 위세가 높아진다. 두예는 제장에게 격문을 전달해 도성인 건업을 쳐들어가는 날짜를 통보해줬다. 진장 왕준은 수군을 통솔해 장강을 내려갔다. 정찰대는 오군이 쇠사슬로 강물을 막았다는 보고를 전했다. 왕준은 수만 개의 뗏목을 만들라 일렀고, 그 위에 풀로 인형처럼 군사들을 만들어 떠내려 보냈다. 쇠사슬을 매두었던 쇠기둥이 뗏목에 부딪혀 모두 쓰러져 없어지고 말았다. 또 뗏목 위에 숯불을 피워 떠내려 보내니 비록 <u>사슬일망정</u> 뗏목에 닿자 모두 녹아버리고 말았다.

뜨거운 쇠사슬 추가 구라 _ 중국의 시안에 관광을 간 적이 있었다. 약 파는 곳에 갔다. 김일성이가 먹던 약이래나! 뭐 이 따위 걸 무진장 비싸게 파는 곳이었다. 우리 일행과 다른 버스를 타고 온 일행이 어느 방으로 들어 갔다. 방에 들어갔더니 가스불 위에 쇠사슬을 벌겋게 달구고 있었다. 나는 쇠사슬이 궁금했다. 도대체 뭘 하려고 이 무더운 날씨에 쇠사슬을 달구고 있을까? 드디어 판매원이 나왔다.

"여러분 반갑습니다. 저는 이곳에서 홍보를 담당하고 있는 ○○○입니다. 저희 회사를 잠깐 소개하겠습니다." 하고 썰을 풀기 시작하는데 내가 왜 쇠사슬을 달구냐고 불쑥 물었다.

"아, 저거요? 저건 잠시 후에 말씀드리겠습니다."

"잠시 후에 하지 말고 지금 당장 뭐에 쓸 건지 말해주쇼."

처음에 인사 썰을 풀고 본론 썰로 들어가는 게 보통 그 사람들의 방법인데, 나는 '서론 썰은 필요 없다. 본론 썰로 바로 가자.'고 바락바락 우겼다. 우리 일행들도 나에게 동조하며 "그거부터 봅시다."

홍보 담당은 우리의 분위기를 파악하고 "알겠습니다. 여러분, 화상을 입으면 흉터가 심하지요? 화상을 입어도 흉터가 안 생기는 약을 소개해 드리겠습니다. 이 약이 헝가리에서 개발된 약인데 화상에 놀랄 만한 효과가

화상을 입어도 흉터가 안 생기는 약을
소개해드리겠습니다.

있습니다."

옆에 서 있던 여자 둘이 쇠집게를 들고 약 5~6미터쯤 되는 시뻘겋게 달군 쇠사슬을 양쪽으로 길게 들고 섰다. 먼저 신문 한 장을 쇠사슬에 갖다 대니까 바로 "퍽!" 소리가 나며 불이 붙었다. 홍보 담당 그 친구가 갑자기 오른손바닥을 펴더니 쇠사슬에 쓰윽 문질렀다. 한 번 두 번 세 번! 놀랐다. 옆에 있던 보조가 약통에서 하얀 약을 꺼내 손에 듬뿍 발라주었고 그 친구는 오른손을 왼손으로 꽉 누르고 괴로운 표정을 지었다. 나는 마음속으로 내가 실수한 게 아닐까? 왜 저 친구에게 저것부터 보자고 했을까 하는 죄책감이 쫌 들었다. 그러면서도 그 홍보 담당은 입으로는 계속 약효를 설명하고 일상생활에서 화상을 입을 수 있는 상황을 설명했다. 어린애들이 뜨거운 물에 데였을 때, 가정주부들이 깜빡하고 가스레인지에서 뜨거운 냄비를 들었을 때 등등. 한 5분쯤 지났을까? 하얀 천으로 오른손바닥에 있던 약을 닦아내니 화상으로 인한 흉터가 있어야 할 텐데, 감쪽같이 사라졌다. 믿을 수 없는 일이 눈앞에서 벌어진 거였다. 시뻘겋게 달군 쇠사슬에 손바닥을 스윽스윽 문지르고도 약을 바르니까 원 상태가 되다니?!?!? 여기서 나는 관객들에게 "박수!"라고 소리쳤고 놀라 멍한 표정으로 앉아 있던 관객들은 제정신을 차리고 모두들 박수를 쳐댔다.

"하루에 몇 번씩 합니까?"

"일주일에 한 번밖에 못합니다."라고 대답할 때 나는 그가 우리를 속이고 있다는 사실을 눈치챘다. 왜냐하면 관광객들이 들어가는 방이 열댓 개쯤 있었는데, 열 개라고 치고 방 열 개에서 똑같이 그 짓(?)을 하는 홍보 담당이 있다면 한 번 공연에 열 명이 필요하고 그 공연이 하루에 한 번이 아니고 매 시간 벌어져서 다섯 번만 한다고 쳐도 대략 하루에 50명이 필요할 거다. 50명이 공연 한 번 하고 일주일 쉬었다가 다시 한다면 50 곱하기 7, 대략 저런 홍보 담당이 350명이 있어야 한다. 아무리 인건비가 싼 나라라곤 하지만 그렇게 많은 홍보요원을 둘 수 없다는 생각이 미치자 이건 쇼다, 마술 쇼다, 사기다! 하고 결론을 내렸다. 하지만 정말 기막힌 연출이었다. 약효랑 관계없이 말이다. 약을 몇 통씩 사줍시다! 나도 다섯 통을 샀다. 가져오자마자 버렸지만!

한국 사람들이 하도 많이 가서 쇠사슬에 손바닥 문지른 걸 봤다고 하니 방송국에서 가만히 놔둘 리가 없지! 카메라를 들고 가서 몰래 찍었지! 예상대로 마술 쇼였다. 손바닥에 잽싸게 뭘 갖다대는 거다. 방송이 나간 이후로 그 약장사는 시안에서 사라졌다는데, 그 좋은 아이템을 안 할 리가 있나? 세월이 지나 잊혀질 때쯤이면 또 공연을 하지 않을까? 정말 순간적으로 속는다. 얼마나 연구하고 연습했겠어! 잘못하다 화상 입은 아해들도 있었을 테고!

진나라 수군은 쇠사슬을 쳐놓은 곳을 무사히 통과했다. 전쟁 중에 동오의 승상 장제와 심영마저 전사하고 나머지 소대장들은 난리 통에 도망가고 말았다.

* 평화 시의 병사는 여름철 난로와 같다. — W. 세실

* 군인은 적을 용서할 수는 있으되 적의 용서를 받을 수는 없다.

　　— 플루타르코스『영웅전』중에서

* 군대는 물고기이며 민중은 물이고 그 물속에서 물고기는 헤엄을 친다.

　　— 베트남 속담

* 한 사람의 장군이 빛나는 공명을 세우는 그늘에는 많은 병졸들의 죽음이

　있다. 그 무명의 희생자를 잊으면 안 된다. — 영국 속담

우저를 점령한 진군은 동오의 국경 깊숙이까지 쳐들어갔다. 두예군이 수륙으로 쳐들어오니 강남의 백성들은 싸우지도 않고 손들고 항복, 항복, 노래를 부르며 나와 엎드린다. 오주는 대세가 기울어간다는 뉴스속보를 보다가 리모컨을 던지며 "어째서 군민들이 나아가 싸우지 않는가?"

중신들의 입에서 기다렸다는 듯이 대답이 튀어나온다.

"금일의 화는 모두 잠혼의 죄입니다. 그를 참형에 처하시면 저희들이 나가서 죽기로 싸우겠습니다."

사실은 이러면 안 된다. "제가 잘못했습니다.", "저희들이 책임지고 물러나겠습니다."라는 말은 못할지언정 "사실은 내 말을 안 들은 네가 잘못이야, 임마! 넌 임금 자격 없어. 옷 벗어서 이리 던져! 내가 입어보자. 나도 왕 한번 해보자." 하는 인간들도 없었다.

오주가 "말도 안 되는 소리다. 나라를 망치는 데 어찌 한 사람이 망칠 수

있는가?"

"폐하, 촉의 황호를 모르십니까? 나라를 망치는 데는 한 사람이면 충분합니다."

무리들이 이를 갈며 가슴을 쥐어뜯으며 울부짖는다. 오주가 영을 내리지 않는데도 잠혼에게 온갖 죄를 다 갖다붙였더라. 이윽고 잠혼을 불러 처형하고 그 고기를 씹어먹었다. 많이 씹어먹은 놈이 충신이 되는 세상이다. 나는 심장을 먹었다, 나는 간을 씹었다, 오돌뼈를 씹었다, 심장은 내가 먹었는데 무슨 소리? 심장은 내가 먹었다니까! 그럼 내가 먹은 건 심장이 아니란 말야?

들은 이야기 추가 구라 _ 일본의 어떤 회사에 세무조사가 나왔더란다. 회사에 미리 세무조사를 하겠다는 통보가 왔겠지? 경리 담당 직원이 경리 장부를 불태우고 자살을 했다는 거다. 이 이야기를 전하는 사람이 말하길 '책임질 줄 아는 이 아해가 대단하다.'는 거다. 하지만 듣고 보니 책임감이 강하다는 생각보다는 이거 세금 도적질해 먹었다고 인정하는 거잖아! 오히려 살벌하다는 생각이 들더라!

내가 들은 세금에 관한 우리나라 사람 이야기다.

"회사를 처음 할 땐 성실납세를 했는데 날이 갈수록 딴생각이 들더란 말이야. 이거 나만 쪼다 되는 게 아닌가, 하고 말이지."

"왜?"

"왜냐하면 사실대로, 법대로 신고하는데도 믿지를 않거던!"

방송국 피디가 나에게 말했다.

"녹화 하루 전까지 안 풀리던 코너가 오늘 아침에 풀렸어요. 사람이 죽으라는 법은 없구만요."

"무슨 이야깁니까? 우리나라는 사형이 있는 나란데 그게 죽으라는 법 아닙니까요?"

법 이야기를 한마디만 더하자. 언젠가 '호리꾼' 즉 남의 오래된 묘에 꼬챙이를 찍어서 돈이 될 만한 게 있나 없나 알아본 후 도굴을 하는 사람이 했던 말이 생각난다. 자기는 남의 묘만 파헤치다가 다섯 번이나 교도소에 갔다 왔단다. 그 사람 왈, 자기 같은 사람을 교도소에 보낼 게 아니라 "너는 남의 묘를 파헤쳐서 먹구 살아왔으니까 교도소 가서 한 3년 썩어야 마땅하지만 네 재주를 감방에서 썩힐 수 없으니 3년 안에 역사적으로 가치가 있는 묘를 열 개만 찾아내도록 하라."는 판결이 나왔으면 좋겠단다. 이런 판결은 안 나오고 3년을 감옥 안에서 썩으라니, 궁리하는 거라고는 '내가 나가면 옛날에 찍어 놓은 델 또 파내야지.' 하는 생각밖에 안 들더란다. 한편으로는 일리 있는 말이고 또 한편으로는 일리가 없는 말이다.

* 법률은 거미줄과 같다. 약자는 걸려서 꼼짝을 못하지만 강자와 부자는 뚫고 나간다. ― 한 명쯤은 외워두자, 아나카르시스
* 법이 너무 많아서 한 가지라도 어기지 않고는 숨을 쉴 수가 없다.

— 스타인 벡(옳소! 한 표 보태겠소.)

＊ 법은 멀고 주먹은 가깝다. — 한국 속담

＊ 법률이 생기면 이를 어기는 음모가 뒤따른다. — 이탈리아 속담

도준(陶濬)이 손호에게 아뢰었다.

"저에게 큰 배와 2만 군사만 주시면 한번 적을 격파해보겠습니다."

손호는 어림군을 주고 적을 막으라고 했지만 예상치도 못한 서북풍이 불어 깃발이 꺾이고 군사들은 싸울 생각도 하지 않고 도망가기에 바빴다. 두예군이 석두성으로 들어간다는 리포터의 울부짖음을 들은 손호는 자살을 하려다가 유선을 본받아 스스로를 결박하고 왕준에게 항복했다. 왕준이 포박을 풀어주고 왕에 대한 예를 갖추어줬다.

이로써 동오의 4주 83군 313현과 52만 3,000호, 군리 3만 2,000, 군병 23만, 남녀 230만, 곡식 280만 섬, 배 5,000척, 후궁 5,000여 명이 진나라에 속하게 되었다. 삼국은 진제 사마염에게 돌아가 통일이 되니 이야말로 천하의 대세는 합한 지 오래되면 나뉘어지고 나뉘어진 지 오래되면 합하게 된다는 걸 우리에게 일러주면서 삼국지는 끝난다. 뭉치면 흩으려는 놈 생겨나고 흩어져 있으면 뭉치려는 놈 나타난다는 거다. 지금 우리는 뭉친 시대를 살고 있나? 아니면 흩어진 시대를 살고 있나? 뭉친 거 흩어지는 상태인가? 흩어진 거 뭉쳐지려는 중인가? 궁금하도다. 우리들의 시대는 지금쯤 어디에 와 있는가.

어릴 때부터 좋아하던 노랫가사 중에 이런 게 있다. '헤어지면 그리웁고 만나보면 시드을 하고~' 남녀간의 이야기를 이처럼 잘 쓴 가사가 또 있을까? 남녀간의 관계뿐만 아니라 사람들의 관계도 마찬가지일 것이다.

삼국지 다 마쳤다. 휴~, 정말로 길다.

이 땅에서, 그리고 저 땅에서, 또 안 가본 땅에서 이름도 없이 역사 속으로 사라진 단역들에게 이 글을 바친다. 이름 없는 단역들이여! 이제는 그대들이 주인공이다.

삼국지에서 칠 구라를 생각하다가 전철 안에서, 자다가, 술 마시다가 적어놓았던 숱한 메모들! 메모할 땐 뭔가 떠올라 급히 갈겨 적었지만 나중에 뭣 때문에 쓴 메모인지 몰라서 휴지가 돼버린 메모들아! 미안하다. 무엇보다 구라에 등장해서 도움을 받았던 많은 등장인물들에게 감사를 드린다. 그리고 나는 당분간 구라를 쉬고 싶다. 또다시 새로운 구라를 찾아 나설 생각이다. 지금보다 더 재미있고 신선한 구라로 충만해졌을 때 그때 다시 독자들을 만나고 싶다.

– 끝 –

전유성의
구라 삼국지
그리고
남은 이야기들

중국인들이 말하는
'내가 보는 삼국지'

구라 삼국지 팀은 중국 취재 도중 이런 의문이 들었다. '과연 중국인들은 자기 나라의 이야기인 삼국지를 어떻게 생각할까?'

한국에는 삼국지에 대한 수많은 담론들이 있지만 아직까지 중국인들 사이에서 회자되는 삼국지 담론을 들은 적이 없었다. 취재진은 직접 현지인들과 인터뷰를 추진해보기로 했다. 그렇다고 인터뷰를 위한 정식 절차라든지, 혹은 선정을 까다롭게 할 필요는 없었다. 거리에서, 공원에서 만나는 모든 사람들이 바로 우리들의 취재 대상이었기 때문이다.

◾ **인터뷰 | 취호공원에서 만난 기중기 기사 류호**

"삼국지에서 제일 나쁜 사람은 제갈량이다"

중국 곤명시에 위치한 취호공원에서 만난 기중기 기사 류호 씨(33). 그는 한적한 대낮에 벤치에 앉아 책을 읽고 있었다. 나중에 안 사실이었지만 그는 최근 다니던 회사를 그만두고 다른 회사를 알아보고 있는 중이었다. 아직 미혼인 그는 시간이 날 때면 취호공원에 와서 여러 가지 생각을 하기도 하고 책도 읽는다고 했다.

Q 삼국지를 읽어본 적이 있는가?

열세 살 때 한 번 정도 읽었던 기억이 난다.

Q 한국 사람들 중에는 삼국지를 여러 번 읽는 사람도 많은데, 중국인들은 그렇지 않나?

삼국지를 본격적으로 연구하는 사람들이 아니면 그렇게 많이 읽지는 않는다. 스토리가 재미있으니까 읽기는 하는데, 그것이 취미가 되거나 하진 않는다. 드라마로 보는 사람들도 많다. 아마 대부분 한 번 정도 읽고 지나가는 수준일 것이다. 나 역시 마찬가지다.

Q 삼국지 중에서 좋아하는 인물이 있는가?

제갈량이다. 그는 나라를 구하기 위해 자신의 목숨까지 바친 프로정신을 가지고 있다. 죽을 때까지도 나라를 걱정하고, 평생을 나라를 위해 싸워온 그의 정신은 대단하다. 하지만 이건 내 생각에 불과하다. 모든 사람들이 다 제갈량을 좋아하는 건 아닐 것이다.

Q 혹시 현대 중국의 정치인 중에서 제갈량과 비슷한 사람이 있는가?

있다. 주은래*다. 그는 외교에서도 큰 성과를 거뒀고, 프로정신도 있었고, 또 권력욕도 있었던 사람인 것 같다.

Q 그렇다면 삼국지에서 제일 나쁜 사람은 누구라고 생각하는가?

제갈량이다.

Q 방금 제갈량을 제일 좋아한다고 하지 않았나?

* 중국 정치가 **주은래**는 공산당 대표를 역임했고 국민 정부의 국방 위원회 등의 주요 요직을 거쳤으며, 탁월한 정치적, 외교적 수완을 발휘했다. 문화대혁명을 거치고 최후까지 공산당에서 주도적인 위치를 차지했다. 1976년 사망.

한 사람에 대한 평가는 어떻게 해석하느냐에 따라서 다르지 않은가. 제갈량에게서 본받아야 할 점도 있지만 분명 그는 나쁜 점도 가지고 있다.

Q 좋다. 그럼 제갈량이 제일 나쁜 이유는 무엇인가?

제갈량은 지략이 많고 나라를 위해 싸웠지만 한편으로 권력욕이 굉장히 강했다고 생각한다. 나라를 위해 많은 공을 세우기는 했지만, 그 이면에는 일종의 강한 권력욕이 있었다고 생각한다. 뿐만 아니라 개인으로 봤을 때 제갈량은 매우 교활한 사람이기도 하다. 중국 사람들은 교활한 사람을 싫어한다. 사업하는 사람들 중에서도 그런 사람들이 많아 정서적으로 그들을 싫어하는 것이 사실이다. 그리고 사실 삼국연의에는 제갈량이 하지 않은 일도 제갈량이 한 것이라고 해놓은 것도 많다. 실질적으로 제갈량이 그렇게 멋있는 사람이 아닐 수도 있다는 이야기다.

Q 그렇다면 삼국지에서 가장 닮고 싶은 사람은 누구인가?

주유다. 그는 적벽대전에서 승리를 이끌었고 더불어 젊은 나이에 군대를 통솔하는 총사령관이 되었다. 바로 그런 점들이 요즘 중국 사람들이 좋아하는 이상형이다. 어린 나이에 그 정도의 위치에 올랐다는 것은 충분히 존경하고 숭배할 만하다. 요즘 중국의 분위기가 그렇다. 젊은 시절에 큰 권력이나 부를 쥔 사람을 존경한다. 그래서 많은 사람들이 그를 본받아서 어렸을 때 성공하는 강인한 사람이 되고자 노력한다. 가장 인상 깊었던 장면도 주유가 승리를 했던 적벽대전이다. 기세등등한 조조 군대가 패배한 것, 어린 주유가 조조를 물리쳤다는 사실에 깊은 인상을 받았다.

Q 삼국지를 읽은 건 어린 시절이었겠지만 살아오면서 삼국지에 대한 이야기도 했을 것이고, 또 다른 사람이 삼국지에 대해 이야기하는 것도 들었을 것 같다.

결론적으로 삼국지에 대해서 어떤 생각을 가지고 있는가?

가장 중요한 건 사람과 사람 사이의 관계에 대한 것이다. 내가 이렇게 하면 상대는 어떻게 생각할 것인가, 혹은 상대가 특정한 행동을 했다면 나는 어떻게 해야 하는 것인가, 하는 문제들을 깊게 생각할 수 있게 해주었다. 어쩌면 삼국지 전체가 바로 이러한 인간관계에 대한 이야기가 아닌가 생각한다.

Q 일상생활을 하면서도 그런 삼국지에 나오는 여러 가지 인간관계 테크닉을 써먹은 적이 있는가?

사실 중국은 공명(孔明)사상의 영향을 깊이 받은 나라다. 상대를 좋게 생각하고 서로 도우며 살아가야 한다고 어려서부터 배워왔다. 그런데 삼국지의 내용은 전혀 다른 것이다. 서로 속이고 죽이고 배신하는 이야기들이 많지 않은가. 살면서 삼국지의 그런 내용을 적용해볼 생각도 하지만 어려서부터 교육받은 것이 있어서 쉽게 적용하지는 못한다. 물론 사람마다 다를 것이다.

Q 조조와 유비를 비교한다면? 한국에서는 최근 몇 년 사이 조조의 능력을 새롭게 조명하는 흐름이 있다.

그건 중국도 마찬가지다. 덕의 측면에서 봤을 때는 유비가 더 높게 평가되겠지만 당시의 상황과 국면을 고려했을 때는 조조가 더 높이 평가되어야 하지 않을까. 자본주의가 점차 확산되면서 비즈니스가 더욱 발달하는 요즘 시기에 맞물릴 것이라고 생각한다. 조조처럼 많은 지략을 가지고 있지 않으면 살아가기 힘든 세상이다.

Q 중국의 급속한 자본주의화에 대한 당신의 생각은 어떤가?

옛날에는 가난해도 함께 웃으면서 살 수 있었던 것 같다. 하지만 지금은 많이 달라졌다. 잘사는 사람은 늘어났는데, 그 대신 진정한 의미의 '행복'이라는 것이 많이 사라진 것 같다. 하지만 중국이 더 발전을 한 후에는 다시 공명사상을 찾으려고 할 것이다. 어느 정도 먹고살만해지면 물질적인 것을 넘어서서 정신적인 것을 찾고 싶어 하지 않는가. 비록 시간이 좀 걸린다고 하더라도 중국도 반드시 그렇게 변할 것이라고 생각한다.

Q 한류에 대해서 개인적으로 어떻게 생각하는지 솔직하게 이야기해 달라. 중국에서도 한류를 싫어하는 사람들이 있는 것으로 알고 있다.

나는 내심 한류가 좋다. 왜냐하면 한류에서 공명사상을 엿볼 수 있기 때문이다. 사실 중국은 그러한 것들이 보존이 되어 있지 않다. 어른을 공경하거나, 주변 사람들을 도와주는 이러한 모습들이 많이 사라진 것이 사실이다. 하지만 한국의 드라마를 봤을 때는 아직도 그런 것이 많이 남아 있다. 중국에 『홍루몽』이라는 책이 있는데, 여기에서 묘사하는 가족의 모습이 한국 드라마와 비슷하다. 윗어른을 존경하고 함께 잘살기 위해 노력하는 모습이 그런 것들이다. 또 하나는 한국이라는 작은 반도의 나라가 그 정도로 놀랍게 발전했다는 사실도 부러운 부분이다. 선진적인 것은 배우고 익히고 따라가기 위해 노력해야 한다. 그런 점에서 나는 한류가 좋다.

Q 마지막 질문이다. 삼국지에 나오는 초선이처럼 예쁜 여자를 현실에서도 본 적이 있는가?

(웃음) 아직 보진 못했다. 삼국지에는 초선이의 결말이 나오지 않는데, 다른 기타 책에서 초선이가 행복하게 오래오래 살았다는 내용이 있다. 나도 초선이처럼 예쁜 여자와 만나 결혼해서 행복하게 오래오래 살고 싶다.

독자들도 눈치를 챘겠지만 사실 류호 씨는 꽤 많은 생각을 하면서 사는 사람처럼 보였다. 직업이 기중기 기사라면 먹고살기에 급급해 자기 나라의 발전 방향이라든지 흐름에 대해서는 별로 관심이 없을 것이라고 생각하기 쉽다. 하지만 그는 한류를 보는 자신만의 관점을 가지고 있었고, 삼국지에 대해서도 '공명사상'이라는 우리가 미처 생각지 못했던 잣대를 제시하기도 했다.

◻ 인터뷰 | 운남대학교 캠퍼스에서 만난 홍보학과 3학년 광리순

"나에게 이익이 있다면 초선의 역할도 할 것이다"

취재진은 젊은 여성의 이야기를 듣고 싶었다. 삼국지 자체가 패권을 향한 남자들의 무한 투쟁에 관한 이야기이기 때문에 여성의 입장에서 과연 무엇을 어떻게 생각하는지 알고 싶었기 때문이다. 무작정 찾아들어간 곳은 곤명시 운남대학교 캠퍼스였다. 마침 한 여대생을 만날 수 있었고 그녀는 밝은 웃음으로 인터뷰에 응해주었다.

Q 삼국지를 읽어봤나?

어렸을 때 책으로 한 번 읽고 드라마도 또 한 번 봤다. 앞으로도 한 번 더 읽어볼 생각이다.

Q 여자가 그렇게 삼국지를 많이 읽는다는 것이 이색적이다.

삼국지에 나오는 인물들은 매우 총명한 경우가 많다. 그런 사람들과 그런 사람들의 이야기를 좋아한다.

Q 삼국지에서 제일 많이 배우는 것은 무엇인가?

제갈공명의 철저함과 확실함이다. 그는 유비를 도와서 나라를 세웠을 뿐만 아

니라 모든 전투에 임할 때 하나같이 철저하고 확실하게 했다. 지형지물을 잘 이용했고 사람들의 심리도 충분히 감안했다. 어떤 일이라도 제갈공명같이 해야 되지 않을까 하고 생각했다. 용의주도하고 주도면밀함이 부족한 나에게 제갈공명의 자세와 태도는 배울 점이 많다.

Q 삼국지에서 제일 나쁜 사람은 누구라고 생각하는가?

책으로만 읽었을 때는 조조가 나쁘다고 생각했다. 도량도 좁고 배신도 잘하고 사람도 잘 죽이지 않는가. 그런데 드라마로 볼 때는 좀 다르게 보였다. 총명하기도 하고 남자다운 것 같았다. 현실에서도 그런 남자를 좋아한다.

Q 조조 같은 남자친구를 두고 싶다는 이야기인가?

사실은 여러 가지 혼합된 모습을 가진 남자친구를 갖고 싶다. 조조처럼 총명하고 관우처럼 듬직하고 조자룡처럼 멋있는 그런 남자 말이다.

Q 일반적으로 중국 여자들이 조조 같은 남자를 좋아하나?

얼마 전 중국의 임준재라는 가수가 낸 앨범에 '조조'라는 제목의 노래가 있다. 그 노래가 크게 히트했다. 조조 같은 남자를 좋아한다는 일종의 증거가 아니겠는가? 아마 지금 새롭게 평가하라고 하면 조조가 그 시대의 영웅이었을 거라고 생각한다.

Q 하지만 조조가 수많은 사람들을 죽인 것은 사실이 아닌가?

물론 그렇다. 하지만 역사가 진보하려면 언제나 희생이 필요한 법이다. 조조의 시대뿐만 아니라 중국이나 다른 나라의 근현대사를 보더라도 마찬가지가 아닌가.

Q 그런데 한 가지 이상한 점은 많은 중국인들이 유비에 대해서는 딱히 많은 말을 하지 않는다. 그 이유라도 있는가?

　　사실 유비는 제갈공명이 없었다면 큰 힘을 발휘하지 못했을 것이기 때문이다. 만약 제갈공명이 조조에게 갔다면 조조는 더 큰 패권을 장악했을지도 모른다. 유비가 성공한 것은 오로지 제갈공명이 있었기 때문이라고 생각하므로 유비에 대해서는 많이 이야기하지 않는 것 같다.

Q 삼국지에는 여자가 많이 등장하지는 않지만 그래도 꽤 결정적인 역할을 하는 초선이라는 여자가 있지 않은가? 만약 당신에게 초선이의 역할이 주어진다면 어떻게 할 것인가?

　　(웃음) 나에게 이익이 있다면 그런 역할을 할 수 있을 것 같다. 하지만 아무런 이익도 없이 희생만 하라고 하면 하지 않을 것 같다.

Q 외부에서 볼 때 지금의 중국은 역동적으로 발전하고 있다. 혼란스럽다는 의미에서 난세는 아니겠지만, 어쨌든 새로운 발전을 위해서 여러 가지 문제들이 생기는 것으로 안다. 또한 중국이 초강대국이 될 것이라고 생각하는 사람들이 많다. 이런 점들에 대해서는 어떻게 생각하는가?

　　삼국지의 시대도 난세였지만, 우리들이 볼 때 지금의 중국도 난세인 것 같다. 시간이 흐른 뒤 중국은 초강대국이 될 수 있겠지만 결코 미국처럼 되지는 않을 것이다. 자신들의 이익을 위해서 전쟁을 일으키거나 하지는 않을 것이라 생각한다.

Q 한국 드라마와 한류에 대한 이야기를 해보고 싶다. 한국 드라마를 본 느낌은?

　　최소한 드라마에 나오는 모습만을 봤을 때 한국 남자들은 참 진실한 것 같다. 그리고 가정을 위해서 최선을 다하는 모습이 참 보기 좋았다. 집에 대한 책임감도 강하고 아내에게도 잘해주는 것 같았다.

취재진은 인터뷰가 끝난 후 가수 임준재의 '조조'라는 노래가 실제로 있는지 알아보았고, 결국 CD를 구매할 수 있었다. '조조'의 가사는 다음과 같다.

曹操 不是英雄 不读三国
若是英雄 怎么能不懂寂寞

独自走下长坂坡 月光太温柔
曹操不啰嗦 一心要拿荆州
用阴谋 阳谋 明说 暗夺摸的

东汉末年分三国 烽火连天不休
儿女情长 被乱世左右 谁来煮酒
尔虞我诈是三国 说不清对与错
纷纷扰扰 千百年以后 一切又从头

조조　영웅이 아니면 삼국을 읽지 않는다.
　　　영웅이라면 어찌 고독을 모르랴.

　　　홀로 긴 비탈길 걸으니 달빛이 너무 부드럽구나.
　　　조조는 말을 아낀다 전심으로 형주를 손에 넣고자
　　　음모든 양모든 명설이든 암탈이든 가볍게 여긴다.

　　　동한말년 3국으로 분열되고 전쟁이 도처에 끊이질 않고
　　　남녀사랑 난세에 좌우되고 누가 와서 술을 데우나
　　　서로 기만하는 것이 삼국이니 옳고 그름이 분명치 않다.
　　　혼란스러움 천백 년 이후 모든 것이 처음부터 다시 시작되리.

중국의 한국인 사업가들이 보는 중국

전유성의 구라 삼국지 팀은 2006년 8월, 현지 취재를 위해 중국을 방문했다. 그곳에서 우리들은 사업을 하고 있는 많은 한국인들을 만날 수 있었고, 또한 그들의 이야기를 통해 오늘날 중국의 모습을 가늠해볼 수 있었다. 몇 가지 키워드를 통해 한국인들이 느낀 것을 정리해봤다.

의형제

중국은 워낙 넓은 곳이라 각 지역마다 사람들의 정서나 분위기가 매우 다르다. 어떤 지역의 사람들은 신뢰와 신의를 매우 중요시하는가 하면, 또 어떤 지역은 삼국지에 등장하는 수많은 배신과 역적의 스토리를 만들어내는 주인공들이 많기도 하다. 하지만 중국에 사는 다수의 한국인들은 중국인들의 신중함과 신의를 믿고 있었다.

특히 중국인들은 '형님-동생'의 관계를 맺어나가는 것이 매우 더디지만 일단 한번 혈육과 같은 관계가 되면 쉽게 배신을 하지 않는다고 한다. 한 한국인은 중국인과 무려 5년 동안이나 함께 식사하고 술을 마셨다고 한다. 하지만 그 중국인은 단 한번도 '형님'이라고 부르지 않았단다. 그러나 5년 후, 어느 술자리에서

163

그 중국인은 드디어 당신을 형님으로 부르겠다고 한 뒤, 지금까지 아주 철저하게도 형님 대접을 해주고 있다고 했다. 그리고 함께 사업을 제안했던 것도 물론이다. 한국인들은 몇 번 만나 코드가 맞다 싶으면 어렵지 않게 '형님-동생'의 관계를 맺기도 하지만 중국인들의 관점은 조금 다르다는 이야기다. 맺기는 쉽지 않지만 일단 맺고 나면 철저하게 의리를 지키는 사람들, 그들이 바로 중국인들이기도 하다. 현지 한국인들은 말한다. 진짜 지략은 바로 자신의 마음과 진실을 주는 것이라고.

황당

어느 사회든 마찬가지겠지만, 그렇다고 해서 모든 중국인들이 다 그렇게 신뢰와 신의를 목숨처럼 생각하지는 않을 것이다. 때로 우리의 상식으로는 상상도 못할 일들이 벌어지고 그런 행동을 하기도 한다. 한국인들을 돌아버리게 만드는 황당 스토리, 어떤 게 있을까?

제조업을 하는 한 한국인 회사의 기숙사. 원래 회사 규정상 이곳에는 자신의 이성 친구를 데려올 수 없게 금지되어 있다. 그런데 한 중국인 노동자가 자신의 여자 친구를 기숙사에 데려온 것이 발각됐다. 하지만 그는 미안한 기색을 전혀 보이지 않았다. 그는 뻔뻔하게도 "다른 사람도 데려왔는데, 내가 무슨 잘못이냐."고 말했다고 한다. 그들에게 중요한 것은 '규정'이 아니라 남이 했냐, 안 했냐였던 것이다.

공장에서 침을 뱉는 것을 직접 본 한국인 사장이 다가가 '침을 뱉지 말라.'고 주의를 줬지만 그는 황당하게도 자신은 침을 뱉지 않았다고 한다. 방금 침을 뱉지 않았냐고 다그쳐도 그는 두 눈 동그랗게 뜨고 뱉은 적 없다고 우긴다는 것이다.

이런 일도 있다. 가끔씩 중국인 직원들이 회사의 물건을 훔쳐가는 경우도 있다. 한번은 어떤 상품을 자신의 가슴에 넣고 나가려는 직원이 적발된 경우가 있었다. 그 중국인이 하는 말이 걸작이다.

"어? 이건 내가 넣은 게 아닌데요. 다른 사람이 넣었나 봐요."

한 한국인은 중국인들의 이러한 행태를 다음과 같은 우스갯소리에 비유했다. 버스에 여자 차장이 있던 시절, 한 차장이 차비를 내지 않은 할아버지에게 다가가 말을 했다.

"할아버지, 차비 내셔야죠."

그랬더니 할아버지가 하는 말.

"야, 이년아, 너는 차비 냈냐?"

돈 중국인들과의 가치관 차이를 적나라하게 느낄 수 있는 부분은 바로 돈에 관한 문제이다. 때로는 상상을 초월하는 그들의 경제 개념 앞에 혀를 내두르는 경우도 한두 번이 아니라고 한다.

한번은 중국에서 이런 일이 생겼다고 한다. 한 중국인이 바닷가에서 구조원으로 일하고 있었다. 그런데 누군가가 물에 빠져 허우적댔던 것. 이때 사람을 구조하기 위해서 급하게 뛰어가야 할 구조원은 잠시 느긋하게 해변가를 둘러보고 있었다. 물에 빠진 사람의 친인척들이 애가 타서 어쩔 줄 모를 때 구조원이 그들에게 다가가 말했다.

"500위안을 주면 제가 구조해줄게요."

"뭐라고요? 500위안? 그건 너무 비싸잖아! 200위안만 줄게."

결국 물에 빠져 허우적대던 사람은 익사를 하고 말았다. 이 황당하고 서글픈 이야기는 우스갯소리가 아니라 실제 있었던 이야기다. 도대체 한국인들에게는

가능한 일이기라도 할까. 그런데 이런 이야기를 듣고 구조원을 옹호하는 사람들도 있다니, 참으로 기가 막힌 일이다.

중국에서 시계 제조업을 하는 한국인 사업가가 있었다. 브랜드도 있고 품질도 좋아 그럭저럭 잘 팔리고 있었다. 중국인들이 이 짝퉁을 안 만들 리가 있나. 그것까지는 좋았다. 일일이 찾아가서 모두 막을 수는 없는 노릇이니까. 그런데 어느 날 낯선 중국인 한 명이 자신을 찾아왔단다. 무슨 일인가 싶었다.

"저는 당신이 판매하는 브랜드의 가짜 시계를 만들고 있는 사람입니다."

순간적으로 한국인 사업가는 그가 자신의 잘못을 인정하고 앞으로 그러지 않겠다, 뭐 이런 류의 이야기를 할 것으로 생각했다. 그런데 그의 입에서는 엉뚱한 말이 튀어나왔다.

"제가 가짜 시계를 만들어 팔다가 재고가 좀 남았어요. 이걸 당신이 사지 않으시겠습니까?"

대책이 없다. 옳고 그른 것에 대한 교육이 안 되어 있고, 오로지 이익과 손해에 대한 교육만 되어 있는 것이 또한 일부 중국인들이기도 하다.

인테리어 사업을 하는 한 한국인 여성 사업가가 겪은 또 다른 황당 스토리도 있다. 직원을 뽑기 위해 면접을 보고 있을 때였다. 여성 사업가는 면접장에서 자신의 인테리어 사업에 대해 구직자에게 설명을 했고, 구직자는 그녀의 사업 비전에 공감했다고 한다. 특히 그녀가 중국에 새롭게 도입한 페인트는 중국 현지에서 쉽게 구할 수 없고, 나름대로 고급 제품에 속한 것이었다. 그런데 갑자기 구직자가 질문을 했다고 한다.

"혹시 그 페인트의 빈 통을 구할 수 있습니까?"

"왜요?"

"여기 중국에서도 그런 페인트는 비슷하게 만들 수가 있어요. 그러니까 여기서 만든 걸 가지고 그 페인트 빈 통에다 담아서 팔면 되지 않을까요?"

그는 분명 구직자고, 그곳은 면접 장소였다. 사업가의 입에서 '아이고!' 소리가 저절로 나왔다.

일부 중국인들은 짝퉁을 만들거나 타인을 속이는 걸 하나의 '지혜'로 판단한다. 아까 언급했듯이 '옳고 그름'에 대한 개념이 없으니 일단 돈을 벌 수 있다면, 그것은 모조리 지혜의 카테고리에 들어가는 것이다.

그들은 그것을 '중국식'이라고 부른다. 때로 이 '중국식'에는 뻔뻔스러움이 가미된다. 한 제조업 회사의 한국인 사장은 직원들에게 월급은 물론 한 달에 200위안 정도의 휴대폰 비용을 보조해주고 있었다. 그런데 회사의 한 중국인 직원이 몸이 아파 한 달을 쉬겠다고 했다. 한국인 사업가는 몸이 아픈 사람을 재촉해 일을 할 수는 없었다. 아니, 오히려 한 달 쉴 동안 그 사람이 돈을 벌지 못한다는 생각에 얼마간의 돈을 월급 대신 주었다고 한다. 그러자 몸이 아프다는 중국인 직원이 말했다고 한다.

"그런데 왜 휴대폰 보조금은 안 주시는 거죠?"

일부 중국인들의 황당 스토리는 끝이 없을 지경이다.

조선족

중국에서 사업을 하는 외국인들 중에서 가장 많이 망하는 사람들이 바로 한국 사람들이라고 한다. 그 이유는 중국을 너무 쉽게 보고 준비 없이 사업을 시작하기 때문이다. 대비를 하지 않고 가니까 망하는 것은 어쩌면 당연한 일일 것이다. 특히 조선족이 있다는 사실은 한국인들이 중국 비즈니스를 만만하게 보는 이유 중의 하나다. 유려한 중국 말과 한국

167

말도 막히지 않는다는 점, 조선족들이 존재한다는 것은 중국 비즈니스에서 천군만마를 얻은 느낌이기도 하다. 하지만 많은 한국 사업가들은 조선족들을 너무 믿지 말라고 한다. 그들은 '뭐든지 가능하다.'고 말하지만 실제 현실의 벽을 넘지 못하는 경우가 많기 때문이다. 특히 조선족들은 90% 이상이 농촌 출신이기 때문에 거칠고 험한 비즈니스의 중간자 역할을 하기에는 부족한 부분도 있다고 한다. 하지만 '민족' 개념이 강한 한국인들은 조선족들에게 순수한 믿음을 보내는 경우가 많고, 이 때문에 실패의 쓴잔을 맛보기도 한다는 것이다. 또 헌신적으로 일을 하기도 하지만 어느 순간 '딴지'를 거는 일도 있다고 한다. 그래서 일부 한국 사업가들은 차라리 조선족들보다는 한국어를 배운 중국인들을 키우고 싶다고 말한다.

많은 한국 사업가들은 중국 비즈니스를 하려는 사람들에게 '삼성을 보라.'고 권한다. '관리의 삼성'답게, 주재원들에게 대한 철저한 교육으로 유명하다. 중국으로 파견되기 전에 미리 3개월간의 철저한 교육을 받는데, 그 교육과정에는 중국인 및 조선족들의 생활 습관과 문화, 그리고 마인드와 관리 방법까지 모두 포함된다. 하지만 개인 사업자들은 그렇게 철저하게 준비를 하지 못하는 것이 사실이다.

만만디

만만디(慢慢的. [mànmàndi])는 중국 사람들의 성향을 표현하는 가장 적합한 말로 알고 있는 사람들이 많다. 물론 중국인들은 아직도 만만디하기는 하지만 자본주의의 거센 물결 앞에서 점차 변해가고 있다. 소위 '돈 앞에서는' 만만디가 아니라는 이야기다. 얼마나 빨리, 그리고 성실하게 일하느냐에 따라서 자신이 버는 돈이 달라지는 자본주의 문화가 점차 정착되기 시작한 것이다. 하지만 아직도 이들이 단체로 뭉치기 시작하면 만만디 성향이 나온다고 한다. 예를 들어 한 명 한 명을 붙잡고 일을 시키면 무엇이든 빨리빨리 처리하지만 이들이 한 회사의 점원이 되거나, 혹은 한 회사의 노동자가 되었을 때는 일 처리가 느려진다는 것이다.

또한 이런 단체에서는 몇몇 소수가 전체를 좌지우지하는 경우가 많다고 한다. 공장에서 일을 하다가도 자신들을 콘트롤하는 '브레인'이 회사를 그만두면 전체가 다 그만두는 경우가 흔하다는 이야기다.

특히 각 지역마다 사람들의 성향이 다르기 때문에 이 부분에 대해서도 주의할 필요가 있다. 예를 들면 호남성 사람들은 착하고 온화한 반면, 사천성 사람들은 단결도 잘하고 매운 구석이 있다는 이야기다. 중국에서 사업을 하거나, 혹은 친구를 사귈 때에는 이렇게 각 지역별 성향을 미리 파악하는 것도 도움이 될 것이다.

세상에서 일어나는 일을 다 알 필요는 없다

글 | 전유성

"**삼국지** 다 쓰셨죠?"

"아직 다 못 썼는데요."

지난 몇 년간 숱하게 들은 질문이다. 삼국지에 매달린 지 꽤 오래됐다. 햇수로 올해까지 합치면 6년이다. 물론 6년 동안 삼국지만 쓴 거 아닌 줄 다 아실 거다. 쓴 날보단 안 쓴 날이 더 많다. "아직 안 썼는데요!" 하고 대답하면 "라디오 광고 나오던데요." 하고 다음 말이 이어진다.

"아, 그거요? 열 권인데 먼저 두 권이 나왔거든요."

"아, 그래요? 열 권짜리예요?"

사실 그 다음에는 내가 이렇게 질문을 해야 한다. "읽어보셨어요?" 하고 말이다. 그런데 입이 떨어지지 않는다. 사실 읽어봤냐고 묻고 싶지도 않다. 독자들과 함께 떠나는 북경 여행 중에 호텔방에서 내가 쓴 『구라 삼국지』 1권을 다시 한번 봤다. 이를 어쩌나! 창피하다. 유치하기 짝이 없다.

삼국지 10권째 원고가 넘어갔다. 이번에는 주위 사람들이 나에게 이렇게 물어본다.

"후련하시지요?"

"아니오."

"후련하실 텐데요."

"아니라니까요."

"그러면?"

"우울합니다."

"우울하다니요?"

사실 정말이다. 나도 해장국처럼 속 시원할 줄 알았다. 역전 9회 말 홈런처럼

후련할 줄 알았다. 천사처럼 등 짝에 날개가 돋아서 날아다닐 줄 알았다. 해장국도 못 되고 홈런도 못 치고 날개도 안 돋았다. 현실은 참담했다. 우울했다. 왜? 냐? 고? 아까 말했잖아! 아아!!! 내가 다시 읽어보니 유치해서 얼굴이 뜨끈거리더라구! 정말이다. 그 때문에 몹시 우울했다. 우울해 미치는 줄 알았다. 남들은 그런 속도 모르고 "얼마나 팔렸어요?" 하고 물어본다. "잘 모르겠어요. 출판사 사장한테 안 물어봤어요." 하면

돌아오는 말이 "그래도 인세가 들어올 꺼 아닙니까? 히힛!"

  하지만 맹세코 아직 모른다. 지금은 8권까지 나와 있는데, 10권이 다 나오면 그때나 한번 물어볼란다. 유치가 머릿속에서 개헤엄을 치며 돌아다니기 때문이다. 관심을 가지고 물어보는 것도 싫고 대답하긴 더욱 싫은데 택시기사분도 얼마나 팔렸어요? 동창생도 얼마나 팔렸냐? 식당 주인도 얼마나 팔렸어요? 대답은 한결 같다. 잘 모르겠어요. 그래도 인세는? 반복이다. 나도 그냥 "네, 잘 팔려요. 근데 댁은 사서 읽었슈?" 하고 물어보면 될 텐데, 그게 성격상 안 되는 거다. 성격상 안 되는 거 이거말고 더 있다. 미리 돈 땡겨 쓰는 거 안 된다. 언제간 유럽여행을 갈 때 어떤 출판사에서 여행경비를 다 대주고 나중에 인세를 따로 또 주겠다는 거다. 이거 무서워서 못 받았다. 내가 유럽여행 가서 여행기 못 써오면 어쩌나 하는 생각이 앞섰기 때문이다. 여행 가면 볼 데도 많고 돌아다닐 데도 많아서 밤 되면 피곤해서 뻗을 건데 언제 여행기를 쓰냐? 못 쓰고 한국 돌아와서 쓸 생각을 하면 아득하다. 저승이 따로 없다. 쪼다! 근데 여행 가서 원고를 써가지고 왔잖아! 그 원고 들고 여행경비 안 대준 다른 출판사에서 냈잖아! 게다가 나중에 IMF 때 부도까지 난 회사에서 여행기를 냈다. 사람들이 경비 대준다는 출판사에서 내지 그랬냐고 핀잔 줄 때마다 속으로 "그래도 나는 후회 안 한다."를 외치기 무릇 기하인가! 예를 들자면 한도 끝도 없진 않겠지만 한 가지만 더 들고 넘어가자! 텔레비전 방송 프로그램을 진행하는데 자료 필름이란 게 있다. 자료 필름 편집한 걸 미리 가서 보고 대본 연습을 한다. 그리고 본방으로 들어가는데 아나운서가 오늘 내용을 설명한다.

  "오늘 전유성 씨가 옛날 연말 풍경을 준비해오셨습니다." 어쩌구 하면서 자료 필름이 나간다. 주어진 원고에 나의 어린 시절 기억을 더듬어 원래 원고에다 좀 더 보태서 화면에 대한 설명을 해준다. 무사히 안 틀리고 끝났다. 끝나면 어린 아나운서가 나에게 "전유성 씨, 저 자료들 구하시느라고 고생 많이 하셨어요." 하고 마무리를 짓는다. 근데 저 자료는 내가 안 구하고 방송 스태프들이 고생해서 찾아낸 거 시청자들은 다 알고 있다. 근데 나보고 저 자료 구하느라고 고생을 많이 하셨다니? 그래서 대답을 안 했다. 방송 끝난 다음에 그러지 말라고 조용히 타일렀다(?). 근데 그 다음 주에도 또 그 다음 주에도 계속해서 자료 구하시느라 수고하셨단다. 이거 어린 아해 때문에 돌겠네! 나만 말 안 듣고 자란 게 아니네! 낯 뜨거워서 못 듣겠네! 그래서 고정 프로그램을 관뒀다. 그럴 때 그냥 "아, 예!" 하면 되는 것을 못하는 거다. 그렇다고 내가 청렴결백하다고 말하는 건 아니다. 누구는 털면 먼지 안 나는 사람 어디 있냐 하던데, 나는 털지 않아도 먼지 풀풀 나는 사람이다. 먼지 모음이다. 그동안 있는 구라, 없는 구라, 들은 구라, 들은 거 자세히 기억 안 나 꾸민 구라, 꾸민 구라치다가 등장인물들에게 혹시나 피해는 입히지 않았을까 걱정되고 미안하고 송구스럽기도 하다. 누를 끼치진 않았을까? 끼쳤을 거야! 끼쳤나? 끼쳤겠지! 좀 끼치면 어떠냐? 하다가도 나도 모르게 피해 입은 인간들이 몰래 회의를 열어 날 잡아 패러 오는 건 아닐까, 하는 생각에 시달리기도 하며 술을 마셔댔다.

쑥스럽고 부끄러운 일이 조금씩 잊혀져가자 걱정스러울 만큼 심각한 건망증 현상이 나타났다. 전부터 있기는 했지만 좀 더 심해진 거다. 무슨 이야기를 하면 이게 삼국지에 써먹었는지 안 써먹었는지 헷갈리고 거기다가 물건까지 잘 잃어버리는 거다. 휴대폰을 차에 놓고 내리는 건 누구나 있는 일이라 해도 배낭 놓고 못 찾는 거, 6개월 동안 신용카드 잃어버려 다시 만든 횟수가 무려 네 번이다. 각 은행카드까지 다시 하려면 최소한 은행이 네 개니까 열여섯 번을 분실신고하고 다시 발급받으러 가야 했다. 어디를 가다가 내가 지금 어딜 가는 거지? 전화 걸어놓고 상대방한테 신호가 가는데 누구한테 걸었는지 몰라 얼른 전화 끊고 누구한테 걸었나 한번 확인하고 다시 거는 일을 하루에도 수십 번! 남들은 나이 먹으면 누구나 그렇다고 하는데 이거 나이의 문제는 분명 아니다. 임플란트하러 간 치과 여의사 안경을 쓰고 반나절 만에 다시 안경 바꾸러 간 일도 있고, 열쇠는 하도 잃어버려 열 개를 복사해놓고 아는 사람에게 맡기고, 일곱 개나 되는 만년필을 다 잃어버리고 남에게 모나미 볼펜 빌려 메모할 때의 한심함과 참담함! 예식장에 두고 온 카메라를 그 다음 날 그 자리에서 다시 찾은 기적 같은 일!

나중엔 번호를 매겼다. 1번 안경, 2번 열쇠뭉치, 3번 만년필, 4번 카메라, 5번 모자 이렇게 번호를 매긴 후에 아침에 나올 때 1, 2, 3, 4, 5하고 맞춰보고 나온다. 나중엔 내 주위에 있는 사람들이 번호를 다 외운다. 오늘은 뭐 잃어버렸지? 아, 오늘은 하나도 안 잃어버렸네. 기분 좋다! 그러고서 기차를 타고 경주에 가는 날이었다. 동대구에서 환승을 해서 경주를 가야 하는데 내려야 할 동대구를 깜빡하고 밀양에 가서 내렸다. 다행히 약속시간이 많이 남아 있었다. 밀양에서 화장실에 들어갔다가 뒷주머니에 있던 지갑을 화장실에 빼놓고 그냥 나온 것을 알게 된 건 경주에 다 와서였다. 아이고! 골사발이야!

그러던 어느 날 이런 생각이 들었다.

"니가 그럼 뭐 대단한 놈인 줄 알았냐? 니가 쓴 게 유치하게 느껴진다면 그게 바로 니가 유치한 놈이라는 증거 아니냐? 니가 유치한 걸 이제 알았단 말이냐? 너 원래 유치한 놈이야, 임마! 얄팍한 놈이야! 니가 그럼 고고한 줄 알았냐? 원 별 미친 놈 다보겠네!"

이런 자책의 시간이 찾아온 후 나는 다시 평상심을 찾을 수 있었다. 그래, 내가 언제는 안 유치했냐? 남 잘되는 거 보면 늘 배가 아팠고, 누가 돈 벌었단 소리 들으면 나한테 좀 안 주나 싶어 그 사람이 틀린 소리를 해도 모르는 체 실실 눈치나 살피고, 없는 놈이 있는 척 폼도 잡고 큰소리도 치고 여자들 앞에서 남자답게 보이려고 소주를 맥주잔에 부어 벌컥벌컥 몇 잔씩 들이켜고 집에 가서 방바닥을 얼마나 많이 긁어댔던가? 정의로운 척! 쌈 잘하는 척! 나이 많은 척! 주위에 여자가 많이 따르는 척! 정력 쎈 척! 머리 좋은 척! 별 쌈마이 짓을 다하고 살아온 내 인생이 유치투성이었던 거다. 유치했다는 걸 인정하고 나니 마음이 편해지더라.

이처럼 유치한 내 생각과 거지 같은 내 인생을 깨달은 후에는 마음이 조금 안정이 되더라. 진정 깨달은 건지 의심은 가지만.

그 다음부터 뭔가 허전한 거다. 허공을 향해 주먹을 쥐었다가 펴면 주먹에 뭔가 잡혀 있을 줄 알았더니, 언제나 맨주먹이더라. 필리핀에 가면 필리핀에서 살고 싶고, 네팔에 가면 네팔에서 살고 싶고, 울릉도에 가면 울릉도에서 살고 싶고, 상해 가면 상해에서 살고 싶더라. 만약 내가 상해에서 태어났다면 뭘 해먹고 살았을꼬? 필리핀에서 막상 살려고 하면 내가 뭘 해먹고 살아갈까? 뭘 했을까? 가이드 했을까? 한국식당 했을까? 언제나 늘 통속적이면서도 아닌 체하며 평생을 살아온 거다. 노래방에 가면 '울고 넘는 박달재'를 부르는 걸 유치하게 생각했다. 나는 안 유치하게 노는 것처럼 보이려고 말이다. 처음부터 나 유치한 놈이야! 하고 자수했으면 편했을걸! 유치한 거 인정하니 편해지는걸! 몇십 년이나 걸려 알게 됐다. 삼국지 쓰는 거보다 더 긴 세월 만에 삼국지 덕분에 깨달았다. 깨달으면 부처가 된다는데, 이게 웬일인가? 남들은 하나를 배우면 열을 안다는데, 한 가지를 깨우치면 최소한 서너 개는 더 알아서 깨우쳐야 하는 거 아닌가? 도처에 알지 못할 일들이 수두룩한 거다. 궁금한 것투성이들이다. 건강식품도 유행따라 먹어야 되는 건가? 언젠가는 클로렐라가 좋다고 한 움큼씩 먹고, 가시오가피가 좋다고 끓여서 들고 다니고, 스쿠알렌, 오메가3 이런 거 안 먹으면 뽕갈 것처럼 말하다가 내년엔 또 뭔 약이 나와서 건강식품 유행을 바꿔놓을까? 알 수 없다.

정말 내가 알 수 없는 것 중 하나는 어디를 가다가 길이 두 갈래로 갈라지면 왜 꼭 엉뚱한 길을 선택하게 되는가이다. 어쨌든 둘 중에 하나 고르라고 하면 늘 엉뚱한 걸 고르게 되는 나의 운명! 팔자소관! 뭘 갖다 붙여도 이해할 수 없는 일이다. 남들처럼 통빡을 못 굴리는 것도 아닌데 거의 틀리는 곳을 찍는다. 그렇지만 어느 날 둘 중에 하나를 골랐는데, 맞추게 되는 날이 아주 없는 건 아니라서 어쩌다 한번 맞추면 남보다 기쁨이 두 배, 열 배다.

삼국지 작업을 하면서 둘 중에 하나를 찍어서 맞춘 것보다 더 기분 좋은 일이 있긴 있었다. 일러스트를 맡아준 김관형과 구라 다림질을 맡아준 이남훈을 알게 된 것이다.

삼국지 작업하겠다고 마음먹은 뒤 지난 5년 동안 숱하게 후회를 한 날이 더 많았다. 내가 왜 이걸 하려고 했나? 금방 끝날 줄 알았는데 왜 이리 작업이 더딘 거야. 구라공방이라 이름 붙인 작업실을 계동에 얻어놓고 작업을 하는데, 이 삼국지, 정말 길어도 너무 긴 거다.

나는 김관형의 작업이 궁금했다. 본문에 어떤 걸 넣어달라고 부탁을 하긴 했지만 거의 모든 일러스트 작업과 사진 작업을 모르는 체했다. 될 수 있는 대로 간섭하지 말자. 의견도 제시하지 말자. 쳐다보지도 말자. 작업실엔 방이 두 갠데 김관형 작업실은 될 수 있으면 들어가지도 말자. 그 방에선 담배 피우는 것도 허용했다. 물론 몇 번은 '이건 이렇게 하면 어떠냐?' 고 말하긴 했지만 그때마다 김관형은 "형님, 그렇게 하면 유치해요."라는 핀잔만 들었다. 그 후 나는 그가 작업을 하건 말건 놔두었다. 나도 처음 1, 2권이 나오면서 완성된 책과 함께 그의 작업 결과물을 책을 통해서 봤다. 그 후 매 권 책이 나올 때마다 기다렸고 책을 펼치면 본문보다 그의 일러스트나 사진과 설명을 먼저 들춰봤다. 정말이다. 너무 기발하고 황당하고 예상치 못한 그의 아이디어에 감탄하며 혀를 내두르기 석삼 년에 혀 길이가 1미터나 늘어났다. 어쨌든 2년 만에 써보겠다고 큰소리쳤던 삼국지 작업이 3년이 지나도록 출판사에서 느긋하게 기다려준 것도 고맙다. 고마운 사람을 말하자면 삼국지 등장인원보다 훨씬 많다. 도와주신 분들 일일이 찾아뵙고 인사드려야 마땅한 도리인 줄 아오나 시간 관계상 여기서 인사를 드린다. 삼국지 작업을 하면서 떠오르는 일이 한두 가지가 아니고 삼천 가지쯤 된다. 구라공방 3인이 중국 취재 다닌 일, 김관형이 음식을 쬐끔 가려서 억지로 먹게 하려고 길거리에서 파는 '쥐'를 튀겨 강제로 먹이려다 시범 보인 나만 먹은 일, 보이차 파는 보이현까지 몇 시간에 걸쳐 다녀온 일, 가이드가 극구 말렸지만 부득부득 보이차 현장을 가겠다고 고집 부린 일, 가이드도 처음 간다는 보이현까지 가서 1,000만 원짜리 보이차가 진짜 있다면 한 통만 사오려고 했는데 1,000만 원짜리는커녕 100만 원짜리도 없어서 못 사왔던 일, 네팔 석청을 너무 비싸게 파는 후배에게 "야, 너 꿀 너무 비싸게 파는 거 아니냐?" 하고 물었더니 싱긋 웃으며 "형님, 값이 싸면 약효가 없어져요."라고 말했던 일, 북경, 대만, 시안, 심천, 상해, 계림, 운남 등등에서 취재 중에 이십대 젊은 아해들에게 삼국지를 읽어봤냐고 물으니 읽어본 적이 없다는 이야기를 듣고 의아했던 일, 삼국지를 읽었다는 교수님을 어느 대학에서 겨우 만났던 일, 삼국지 말고도 수호지, 서유기 읽을 때마다 궁금했던 인간들의 심리를 쉬운 말로 설명을 달아준 김효창 교수, 김효창 교수의 고향에 가본다고 저 아랫섬 소안도에 가서 삼치잡이 배를 탔던 일, 삼치를 회쳐먹고 구워먹으면서 동네 할머니들에게 자장면을 만들어 대접했던 일, 그 할머니들이 그 섬의 토박이 해녀들이라 답례로 새벽 물질 나가서 손수 잡아온 전복, 소라를 회쳐 먹던 일 등등, 삼국지 작업 하며 겪었던 수많은 삼국지 부록 같은 일들이 떠오른다. 작업을 하다 잠이 들면 소위 영웅들의 야망 때문에 밭에서 김매다가, 시장에 미나리 팔러 나왔다가, 부부싸움 끝에 밥상 뒤짚어엎고 술 한잔 마시러 나왔다가, 또는 영문도 모르고 따라 나왔다가 전투에 참여했던 무지렁이 출신 군사들의 아우성이 들려온다. 궁궐 짓는 일에 강제로 차출됐던 숱한 백성들!!! 성 쌓는 돌을 옮기다가 힘에 부쳐 돌덩이 떨어트려 발등을 찧은 백성들도 많았을 텐데! 얼마나 아팠을까? 약은 발랐을까? 뭔 약을 발랐을까? 며칠 만에 나았을까? 다시 도지진 않았을까? 엄살 떤다고 채찍으로 맞지는 않았을까? 채찍 맞은 자리는 또 얼마나 쓰리고 아팠을까? 채찍 때린 놈에게 복수는 안 했을까?

"아들아, 내 등에 채찍 때린 놈이 이 애비의 원수다. 너는 꼭 이 애비의 원수를 갚아다오, 꼴까닥!"

그 아들이 원수는 갚았을라나? 숫돌에 칼은 얼마나 갈았을까? 원수 갚으러 갈 때 집 주소는 정확히 알고 떠났을까? 갔더니 마침 그 원수가 떡 먹다가 체해서 토사곽란으로 죽은 다음 다음 날이었다면 어떡허나? 토사곽란이 아니더라도 그 원수네 집의 너무너무 예쁜 딸이 달려나와 살려달라고 애걸하면 그 눈빛을 어찌 피하나? 애걸복걸해서 돌아서는데 그 딸이 배신의 화살을 땡기면 어쩌나? 예나 지금이나 왜 남자는 여자 앞에서 약해지는가? 세상은 모르는 것투성이다.

어느 누가 세상에서 일어난 일을 다 알고 저세상 갈까? 그렇다고 아는 것만 복습하면서 볶아먹자니 그것도 물리는 일일 거 같다. 술좌석에 가면 언제나 내가 제일 많이 떠든다. 혼자만 말하는 거 같다. 내가 입을 다물면 그 자리는 갑자기 백화점 엘리베이터 안이 된다. 조용하다. 언제부턴가 나도 남이 떠드는 곳에서 남이 말하는 것을 듣고 싶다. 이것도 너무 늦게 깨달은 거다. 술자리에서뿐이 아니라 모든 대화에서 너무 많은 옛날 일을 빠삭하게 외우고 있는 것도 별로 좋은 일이 아니더라. 내 동창 중에 어떤 녀석은 이런 것까지 기억하더라.

"89년도 여름에 너하고 영식이랑 같이 순대국집에 갔잖아. 너는 문 쪽에 앉았고, 주인여자는 빨간 티셔츠에 뚱뚱했고, 나이는 한 57~58세쯤 돼 보였잖아?"

이런 거 외우고 다니지 말자. 헛된 일이더라. 기억력 좋다는 이야기 들어봤자 말짱 꽝이더라. 그 집이 순대국집이면 어떻고 팥죽집이면 어떠랴! 주인아줌마가 노란 줄무늬 팬티를 입었으면 어떠랴!

나는 이제 나이 먹어가면서 후배들에게 말끝마다 교훈을 주는 선배로 남고 싶지 않다. 그냥 헬렐레 하면서 흐린 듯 말 듯 살고 싶다. 미리 이렇게 선수쳐 놔야 나중에 내가 뭘 잘못해도 빠져나갈 구멍이 생길 거 같다는 교활무쌍한 생각이 들기도 한다.

"어, 내가 언제 그랬어?"보다는 "응, 내가 그때 그랬니? 아 그랬구나! 맞어 맞어!"라는 이야기를 하면서 살고 싶다. 구라에 지쳤다. 쉬고 싶다. 어디 구라 없는 세상에 가서 쉬고 싶다.이렇게 긴 후기는 처음 본다. 추천사에 낯부끄럽게 칭찬해주신 분들은 또 얼마나 쓰기 싫었을까? 끝까지 읽어준 독자 분들게 진심으로 감사드린다. 다시 한번 이야기한다. 삼국지야, 다시는 만나지 말자!

구라 삼국지보다 더 재미있는 구라 삼국지 제작 스토리

전유성 삼국지, 그 4년간의 대장정

글 | 이남훈

2004 년 6월 29일 오전 7시 21분.

그리고 2007년 10월 8일 오전 8시 45분.

　정확히 『구라 삼국지』의 첫 원고가 완성되었던 날짜이자 또한 마지막 원고가 완전히 탈고되었던 시점이다. 햇수로 4년. 그 길고 긴 대장정의 시간들은 이 작업에 참여했던 모든 이들의 기억에 평생토록 아름다운 추억으로 새겨질 것이다. 숱한 고민과 토론, 유쾌한 술자리와 막막한 원고 작업, 그리고 서로를 위로하고 격려했던 4년간의 시간들을 이제 풀어놓으려고 한다. 이 녀석들, 도대체 『구라 삼국지』 쓰면서 무슨 일이 있었고, 어떤 생각들을 했는지 궁금하신 독자분들을 위한 우리들의 마지막 선물이 될 것이다.

누가 삼국지를 쓸 것인가

　『구라 삼국지』가 구상되었던 시점은 '새천년 밀레니엄'으로 한창 떠들썩하던 2000년대 초반전으로 거슬러 올라간다. 기획자는 소담출판사의 이태권 사장이었다. 그때는 이미 이문열과 황석영이라는 당대의 문장가들에 의해 삼국지가 쓰여겼던 탓에, 섣불리 여타 출판사들이 삼국지에 뛰어들지 못하고 있을 때였다.

삼국지를 쓴다는 것은 단순한 편역의 작업도 아니고, 또한 그저 한 편의 소설을 완성하는 일도 아니다. 일단 10권이라는 그 압도적인 권수를 완성해야 한다는 점에서 견결한 성실성이 요구되는 것은 물론이거니와 인간의 심리와 사람들의 관계에 대한 심도 있는 이해, 더불어 역사에 대한 심층적인 배경 지식과 스토리를 이끌어가는 뚝심까지 함께 있어야 했다. 이문열과 황석영을 이어 이 대단한 작업을 해낼 수 있는 사람은 과연 누구일까? 대한민국의 작가 중에서 과연 누가 이 작업을 해낼 수 있을 것인가? 아니, 도대체 있기나 하단 말인가?

하지만 관점을 바꾸면 문제의 틀 전체가 뒤흔들리고, 이를 통해서 해결의 돌파구 역시 완전히 새롭게 제시될 수 있다. 기획의도는 바로 이것이었다. 정통의 문장, 올바른 문법, 혹은 역사에 대한 심층적인 이해라는 기존의 접근 방법을 통째로 부정하고 시작해보는 것이었다.

"삼국지라고 꼭 어려워야 하나? 꼭 심각한 교훈이 있어야 하나? 지금보다 좀 더 '쉽고 재미있는' 삼국지는 없나? 꼭 소설가만이 삼국지를 쓰라는 법도 없을 것 같은데. 오히려 독자들이 삼국지를 통해서 뭔가 '교훈'을 얻기보다는 아이디어와 창의력을 배울 수는 없을까?"

하지만 '쉽고 재미있고 창의력이 넘치는 삼국지'라는 콘셉트에 맞는 저자를 찾는 일은 쉽지 않았다.

초기 기획이 저자 선택의 문제에서 난항을 겪고 있을 즈음, '빙고!'스러운 한 명의 저자가 눈에 띄었으니 바로 '아이디어 뱅크', '개그맨이 되어 버린 철학자'라고 일컬어지는 개그맨 전유성이었다. 그의 화려한 구라빨과 이색적인 세계관, 놀라운 위트와 색다른 아이디어는 새로운 삼국지를 만들어가기에 가장 적합한 요소들이었다.

또한 그간 『아이디어로 돈벌 궁리 절대로 하지마라』, 『남의 문화유산 답사기』, 『컴퓨터 일주일만 하면 전유성만큼 한다』 등의 책을 통해 수차례의 베스트셀러를 만들었던 경험이 있었기에 작업을 하기에도 안성맞춤이었다.

이렇게 '삼국지+전유성'이라는 낯설지만 새로운 조합이 탄생했다.

출판사가 처음 전유성에게 새로운 삼국지 집필을 제안했을 때 전유성은 단호하게 거절했다. '당대의 문장가들이 쓰는 삼국지'라는 인식이 강했기 때문이다. '개그맨이 쓴 삼국지?' 이 낯선 콘셉트는 쉽사리 전유성의 마음을 흔들지 못했다. 여러 번의 술자리에서 또다시 삼국지 집필에 대한 이야기가 나오곤 했지만, 그때마다 전유성의 반응은 마찬가지였다.

구라공방팀 결성

인사동 거리를 유람하듯 거닐던 전유성은 김관형이라는 한 낯선 사진작가의 포스터를 보게 됐다. 전유성은 그 순간 땅, 하고 뭔가로 머리를 맞은 듯했다.

'와! 기발한데? 도대체 어떤 작가야?'

곧바로 전유성은 김관형 사진전으로 향했고, 그때 김관형 역시 처음으로 전유성을 만나게 됐다.

"반갑습니다. 전 전유성이라고 합니다. 포스터가 죽이던데요? 우리 앞으로 친하게 지냅시다. 제가 김관형 작가 매니저해드릴게요."

늘 텔레비전에서만 봐오던 한 유명 개그맨이 갑자기 자신의 갤러리에 와서 당신 작품이 죽인다고, 친하게 지내자고, 그러니 매니저가 되어주겠다고 한다면 어떤 생각이 들까.

통역(通譯)의 어려움

김관형 사진전

2001. 9. 5(수) ~ 9. 11(화)
하우아트갤러리(서울시 종로구 관훈동 30-5)
초대일시 : 2001. 9. 5 오후 6시

김관형 작가는 자신의 첫 사진전 〈통역의 어려움〉을 인사동의 한 갤러리에서 개최했다.

다시 시간을 거슬러 1997년의 어느 날, 프리랜서 기자로 여기저기 매체에 글을 기고하던 이남훈은 잠시 언더그라운드 잡지에서 편집위원의 일을 맡고 있었다. '문화건달'을 표방하던 그 건방진 잡지의 편집위원들은 매일 술을 먹고 글을 쓰며 세상에 대한 삐딱한 시각을 키워나갔다.

지금은 없어진 인사동의 한 참새구이집. 그 비좁은 공간에서 이남훈은 '백수 생활'을 하고 있다는 한 사진작가를 우연히 만났다. 그 사진작가는 자신을 소개했다. 예전에 한국일보에 있었으며 지금은 카메라를 둘러메고 그냥 여기저기를 돌아다니고 있다고. 그리고 자신의 이름은 김관형이라고.

"자네가 쓴 글을 읽어보았더니 재미있더라구. 앞으로 우리 가끔 만나서 술이나 하자구."

그때부터 김관형과 이남훈은 스스럼없는 형, 동생이 되었다. 나이 차이는 무려 열두 살이었지만 둘은 술친구로, 때로는 세상을 비평하는 당대인으로서 서로 사귀어 나갔다.

2003년 어느 날, 드디어 전유성은 '대형사고'를 치고 말았다. 어느 술자리에선가, 몹시 취한 상태에서 출판사 사장에게 "그래, 한번 삼국지 써볼게."라는 엄청난 말을 했던 것이다. 전유성의 번민은 그때부터 시작됐다. 바로 다음 날 아침부터.

'술김에 괜히 그런 말을 했나? 어쩌지? 지금이라도 못 쓴다고 말해? 어쨌든 내가 약속을 하긴 했으니까 내 혀를 잘라주고 수제비를 끓여먹은 후 나를 용서하라고 말해?'

전유성은 몹시 괴로운 나날들을 보냈지만, 고민도 타성이 되고 만성이 되면 자연스럽게 받아들이게 되는 걸까? 전유성은 '그래, 한번 해보자, 뭐 못할 것도 없잖아.' 라는 생각을 하기 시작했다. 그리고 그는 동시에 자신을 도와줄 두 명의 스태프를 염두에 두고 있었다. 자신의 글을 휘황찬란, 번쩍이는 아이디어로 묘사해줄 뛰어난 사진·일러스트레이션 작가로서는 김관형을, 자신의 불성실을 채근하고, 자료를 조사하고, 차곡차곡 원고를 받아 조금 더 매끄럽게 고쳐줄 사람으로서는 이남훈을 떠올렸던 것이다.

그리고 이 네 명의 '삼국지 전사(戰士)'들은 삼청동의 한 개고깃집에 둘러앉아 술잔을 높이 들고 결의를 다졌다. 삼국지의 초반에 등장하는 불멸의 영웅들, 유비-장비-관우가 복숭아나무 아래서 술잔을 높이 치켜들었듯이 말이다.

우리들은 스스로를 '구라공방'이라고 이름지었다. 특별한 내규가 있을 리 없었고 회사의 형태를 갖춘 것도 아니었다. 그저 삼국지를 만들어 가는 한 팀을 그렇게 부르기 시작했지만, '삼국지'라는 이름으로 뭉쳐진 강력한 결속력을 가진 집단임에는 틀림없었다.

첫 원고

드디어 대항해를 위한 닻은 올랐지만 조타수의 마음은 갈 바를 모르고 있었다. 한 줄의 초고도 쓰지 못한 채 전유성은 긴 시간을 원고의 방향을 잡는 데 흘려보냈다. 몇 달이 지나도 감감무소식이었다. 하지만 어느 누구도 원고에 대해 채근할 수는 없었다. 채찍을 가할 때는 말이 달리고 있을 때여야 한다. 아직 걷지도 않은 말을 향해 무턱대고 채찍질할 수 없듯이 우리의 상황이 그러했다.

워밍업의 시간은 길고 지루했다. 한 달, 두 달······.

물론 아이디어는 끊임없이 주고받았지만 과연 그것이 어떻게 구체화될지는

아무도 알 수 없었다. 드디어 2004년 6월 29일 오전 7시 21분, 전유성이 쓴 삼국지 첫 원고가 도착했다.

어렸을 때 자신이 읽었던 삼국지에 대한 경험으로 시작된 대장정의 스토리는 이제 숨가쁘게 진행되기 시작했다.

삼국지 최초의 독자이자 최초의 교열자인 이남훈은 전유성의 삼국지 초고를 읽으며 전체의 맥락을 잡아나가기 시작했다. 그에게 구라 삼국지 작업은 행복한 시간이었다. 막 바다 속에서 잡아올린 은빛 갈치, 살아서 펄떡펄떡 뛰는 등푸른 고등어를 한아름씩 선사받은 느낌이었다. 아이디어가 담뿍 담긴 그 날것의 글들을 하나하나 조리하는 것, 때로 삭제하고, 때로 추가하고, 때로 전유성 특유의 생생한 어투를 살리는 작업은 진정 흥미진진한 일이었다.

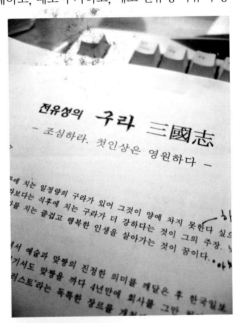

전유성의 첫 원고는 무려 A4 130매에 이르는 적지 않은 분량이었고 이는 방대한 삼국지의 스토리를 어떻게 풀어나갈지에 대한 키워드이기도 했다. 또한 이후에 완성될 새로운 삼국지의 형식을 완전하게 결정지어 준 계기가 되었다.

이제 방대한 삼국지 스토리로의 진입이 시작됐으니 구라공방 팀도 본격적으로 가동되기 시작했다. 원고를 써나가는 속도를 감안하면 3개월에 한 권이 끝날 수 있을 것 같았고 2년 5개월이면 프로젝트가 끝날 것 같았다. 물론 순진한 생각이었지만 말이다.

새로운 형식에 대해

삼국지를 읽다보면 정통 스토리에 전유성의 에피소드와 심리학이 가로지르며 혼합되어 있다. 애초 이러한 형식을 구상한 것은 물론 전유성의 아이디어였다. 당시 기록된 회의록에는 전유성의 말이 이렇게 쓰여 있다.

> **66**약간은 빠른 전개 중에 곁가지를 치는 식으로…… 에피소드 위주로 가면서, 알고 있는 다양한 인간 군상의 유형들을 거기에 끼워 넣어. 사실 살아오면서 만난 다양한 인간 군상들이 다 삼국지에 나와. 아님 말고! 어차피 문장력보단 얘기꺼리 위주로 갈 거야. **99**

두세 종류의 서로 다른 영역을 가진 이야기들이 한데 어울리는 것은 독자들의 독서 행위를 방해할 수도 있지만 이제까지의 삼국지의 방식을 완전히 뒤바꾸는 역할을 했다. 1800년 전의 이야기와 2000년대 오늘의 이야기가 서로를 투영하고 그 심층의 의미를 끌어내기 위해서는 이 방식이 매우 유효적절했다. 물론 이러한 방식에 단점이 없는 것은 아니었다. 이야기가 자꾸만 옆으로 새어나가고 삼국지 정통 스토리가 혼란스러워졌다. 몰입하기도 쉽지 않았다.

하지만 우리가 원했던 것은 좀 더 '본질적인 의미의 몰입'이었다. 중요한 건 스토리가 아니라 그 스토리가 의미하는 것, 그리고 그 스토리가 오늘날 우리에게 보여주는 새로운 가치의 의미였다. 결과적으로 이러한 방식의 글쓰기는 두 가지 평가를 낳았다. 낯설지만 새롭고 신선하다는 평가와 혼란스럽다는 평가였다. 하지만 전유성만의 독특한 삼국지를 위해서 우리는 무언가를 선택하고, 또 어떤 것은 포기할 수밖에 없었다.

구라 풀기의 고통

전유성은 원고 중간중간에 '구라 풀기의 고통'을 끊임없이 호소했다. 다음 글은 '구라 다림질'의 과정에서 삭제된 전유성의 한풀이들이다.

> **66** 여기서 용어 설명 하나 이기거나 싸우기 전이면 군사라 하고 진편의 군사는 군졸이라한다 나중에 또 바뀔지는 몰라도! 바뀌어도 크게 상관없다 독자나 나나! 어차피 구라다. 중요한 건 이 책이 팔리느냐 마냐가 더 중요하다 출판사 사장이 이 책 먼저 하자고 했지만 안 팔리면 무슨 핑계를 만들어서라도 다음 편까지만 내고 출판 안 할 꺼다 그렇게 되면 이 구라의 고통에서 벗어날 수 있으련만!!! 드디어 100번(100번째 파일의 원고라는 의미)이 올라갑니다. 아이고 지겨운 작업 이거 괜히 한다고 했다가 좋은 날씨에 이게 뭐람 XX! 구라공방 식구들도 파이팅해서 발기가 잘되는 하루하루를 보내십시오. **99**

하지만 구라의 고통은 일단 시작되면 결코 끝내지 않고는 빠져나올 수 없는 천형과도 같았다. 마치 『아라비안 나이트』에서 목숨을 구하기 위해 천 일 동안

'구라'를 풀어야 했던 세헤라자데의 운명처럼, 전유성은 그렇게 삼국지를 텍스트 삼아 10권의 구라를 풀어야 했다.

상황이 이렇다 보니 초고가 완성되었다고 해도 쉽게 원고를 출판사 측에 넘기기는 힘들었다. 다시 한번 수정 작업을 거쳐야 했고 또 너무 빨리 피드백을 하면 글을 쓰는 저자의 힘이 빠질 수도 있었기 때문이다. 반응이 좋으면 더 말할 나위가 없겠지만, 만약 그렇지 않을 경우 글을 쓰고자 하는 의욕은 급속도로 줄어들 터였다. 한두 권짜리 책이면 수정하고 다시 기획이라도 잡으면 되겠지만 10권이라는 방대한 분량을 감당하기에는 결코 쉽지 않은 일이었다. 그렇다고 10권이라는 분량이 다 끝날 때까지 단 한 줄의 원고도 보여주지 않을 수는 없지 않은가. 그렇게 해서 원고를 보여주는 날은 차일 피일 미뤄졌고 구라공방 팀의 가슴은 무거워지기 시작했다.

구현된, 혹은 구현되지 못한 아이디어들

『구라 삼국지』에서 구현된 상당수의 색다른 아이디어는 대부분 술자리에서 결정되었다. 정통의 스토리 외에 전유성의 구라 스토리에 대한 이름도 즉흥적으로 결정되었다. 애초 전유성의 이야기는 그냥 '전유성의 구라 추가'라는 이름이었다. 하지만 구라 추가가 한두 가지가 아니었고 매번 '전유성의 구라 추가'라고 하는 것도 재미가 없었다. 통일성은 있을 수 있을지 몰라도 색다른 변화의 맛은 없었던 것이다. 여기에 큰 변화를 주는 아이디어는 출판사 사장으로부터 나왔다. 어느 허름하지만 맛있는 백반집에서 밥과 함께 술을 먹고 있을 때였다. 네 명이 함께 밥을 먹자니 밑반찬이 부족했다. 그때 순간적으로 아이디어가 떠올랐다.

"우리 전유성의 추가 구라를 음식 이름으로 하면 어떨까? 왜 밥 먹다가 '아줌마, 여기 깍두기 좀 더 줘요.', '멸치 좀 더 줘요.' 이렇게 하잖아? 구라도 어떻게 보면 맛있는 반찬 같은 게 아닐까?"

전유성의 구라에 붙이는 닉네임으로 음식 이름은 서민적이고 신선했다. 마치 잘 차려진 하나의 맛있는 음식을 추가하듯이, 음식 이름을 붙여 '추가 구라'의 이름을 만들자는 것이다. 그래서 탄생한 것이 육수 추가 구라, 멸치 추가 구라, 깍두기 추가 구라 등등이었다. 백반집에서 흔히 추가할 수 있는 평범한 밑반찬으로 시작된 추가 구라는 중국 음식, 외국 음식 이름까지 붙여졌다.

『구라 삼국지』는 많은 이들의 아이디어가 혼합되고 정제되어 완성된 틀이지만 의욕적으로 준비하다가 실현되지 못한 아이디어들도 있었다. 그중 가장 대표적인 것이 바로 '전문가 Tip'이다. 이 아이디어가 싹트기 시작한 것은 삼국지 4권 본문 내용 중에 적힌 전유성의 궁금증이었다.

> **"**유현덕 안주가 궁금하지? '안주'? 안주가 왜 궁금해? 나도 모르게 술 생각에 저절로 안주라고 써졌다. 사실은 안부라고 친다는 것이! 술을 좋아하다 보니 밥을 먹을 때도? "안주가 왜 이렇게 없어?"라고 말한 적도 있다. 반찬이 없다고 말한다는 것이! 어쨌든 안부를 안주로 잘못 쳤다고 김유신이 말 모가지를 자르듯 내 손가락을 자를 수도 없는 일이고 하니 다시 안부라고 치면서 넘어가겠다. 사실 그 당시의 안주도 궁금하긴 하다. **"**

들고 보니 그랬다. 과연 삼국 시대의 안주는 무엇이었을까? 지금 우리들은 소주를 마시면서 삼겹살, 해물파전, 술국 등등을 먹지만 그때 조조, 유비, 손권은 과연 무엇을 안주로 술을 마셨을까 문득 궁금해진 것이다. 그러다 보니 이러한 궁금증은 꼬리에 꼬리를 물고 늘어나기 시작했다. 왜 황비홍의 머리는 그렇게 특이하지? 그게 언제부터 그랬을까. 삼국 시대에도 그런 머리를 했을까. 당시 성(城)은 어떤 방식으로 건축되었을까? 그때 입었던 군복을 좀 볼 수는 없을까?

때로는 황당한 궁금증이 생기기도 했다. 군사들은 수시로 전쟁에 투입되었는데, 도대체 전쟁 중에 군사들은 성생활을 어떻게 했을까? 전투가 장기화되면 약간의 휴가 기간도 있고 해서 군사들끼리 아는 술집에 술이라도 마시러 갔을까?

이러한 궁금증을 해소하기 위해서는 반드시 전문가들의 도움이 필요했다. 책의 흥미를 높이는 기획이기는 했지만 전반적인 진행 과정 속에서 그러한 전문가들까지 모두 찾아내 섭외를 하고 글을 받아내는 것은 현실적으로 무리였다. 뿐만 아니라 '구라 심리학'이 있는 상태에서 지나치게 잦은 Tip들은 독서를 방해할 수 있다는 판단을 내리기도 했다. 결국 이 같은 아이디어는 실현되지 못했고, 우리들은 다음을 기약할 수밖에 없었다.

해프닝, 혹은 상처들

4년이라는 오랜 기간 동안 작업을 하다 보니 갖가지 해프닝이 벌어졌다. 특히 만들어 놓은 원고를 잃어버리거나, 혹은 파일 자체가 날아가거나, 또는 하드 디스크가 고장나 사진들이 통째로 손상되는 일도 발생했다.

이남훈이 겪었던 사건으로 가장 큰 것은 이른바 '8권 미스터리'라고 할 수 있다. 근 10년간이나 원고를 기고해왔던 그로서는 그 전에도 가끔씩 원고를 날리는 일이 있었기에 이번 삼국지에서만큼은 주의를 기울였다. 컴퓨터 자체 하드에 저장하는 것은 물론이고, USB에 또 하나, 그리고 웹사이트 저장 공간에 또 하나를 저장함으로써 3중의 안전장치를 마련해 놓은 것이다.

1권부터 7권까지 작업을 해오면서 이러한 주의를 기울여서인지 원고를 날린 경우는 단 한 번도 없었다. 그러나 8권에서 일이 터지고 만 것이다. 2006년 10월 경, 8권의 원고를 모두 손본 후 다음 날 출판사에 보낼 요량이었다. 그런데 다음 날 다시 펼쳐본 8권의 원고 파일은 절반 가량이 수정되지 않은 상태였다. 분명 처음부터 끝까지 완벽하게 다 손을 봤는데도 실제 남아 있던 파일은 절반까지만 수정이 된 원고 파일이었던 것이다. 경악을 금치 못했다. 서둘러 다른 곳에 저장되어 있던 파일을 열어보았지만 마찬가지였다. 파일을 이리저리 옮기는 과정에서 완성된 원고를 덮어씌운 것이다. 차라리 삭제를 했다면 휴지통에라도 남아 있을 텐데, 덮어쓰기를 했으니 복구는 불가능했다. 이남훈은 어쩔 수 없이 울며 겨자먹기로 또다시 수정작업을 할 수밖에 없었다.

이러한 원고 분실 사건은 전유성도 마찬가지였다. 그는 원래 손으로 종이에 초벌 원고를 쓴 다음에 컴퓨터로 옮기면서 1차 원고를 완성하는 스타일이었다. 그런데 한번은 약 200매 가량의 종이 원고를 분실했던 것이다. 그나마 이남훈처럼 수정만 하면 되는 것도 아니고 완전히 원고를 새로 써야 했으니 의욕이 백배 달아났음은 두말할 나위가 없다. 그러나 어쩌랴, 자신의 부주의함을 탓하며 다시 써야지.

사진도 마찬가지였다. 각종 일러스트와 사진을 맡은 김관형은 노트북 하드 용량의 '압박'으로 외장하드를 하나 구입했다. 사진 한 장 파일의 크기가 4~5MB가 되는 상황에서 수년간 작업을 해왔으니 80GB쯤 되는 노트북 하드가 감당하기에는 좀 양이 과다했다. 그래서 약 300GB의 하드를 새롭게 마련했다. 그리고 나니 나름대로 든든했음은 물론이다. 하지만 안타깝게도 새로 구입한 하드가 며칠 뒤 고장이 났다. 하늘을 탓하지 않을 수 있을까? 출판사에 넘기기 위해 온 갖 아이디어를 짜내 만들어 놨던 작품들이 날아갈 위기에 처했으니 가슴이 바짝 바짝 타들어갔다. 그나마 급히 하드 복구 회사에 연락을 취해 일부 작품은 살렸 지만, 약 3분의 1정도의 작품은 되살릴 수 없었다. 『구라 삼국지』는 이렇게 손상 과 복구, 그리고 재작업을 통해 탄생했다.

드디어 출간을 앞두고

삼국지 초고가 6권에 이르렀을 무렵, 출판사 측은 일단 1, 2권을 먼저 출간하 자는 결론을 내렸다. 수년간 준비해왔던 새로운 형태의 삼국지가 드디어 세상

에 그 모습을 드러내는 순간이었다. 하지만 출간을 앞둔 전유성의 마음은 초조했다. 한번은 이런 말을 한 적이 있었다.

> 66 난 내 책을 한 명도 안 읽었으면 좋겠어. 어휴, 민망해. 사람들이 이걸 읽고 뭐라고 그럴까. 무효로 하고 싶어. 없었던 일로 할수 없을까? 99

이제 삼국지는 끝났다. 과연 저자 전유성은 삼국지에 대해 어떻게 생각하고 있을까? 초기의 기획회의에서 했던 전유성의 한마디는 삼국지에 대한 그의 생각을 잘 표현하고 있는 듯하다. 그것도 지극히 '전유성다운' 발상으로 말이다.

> 66 사실 삼국지는 허망한 얘기들이야. 주인공이 다 죽고 결국에는 사마중달이 천하를 거저 먹잖아. 주인공들이 다 죽는 소설이 세상에 또 어딨냐? 그리고 사실 알고 보면 유비, 관우, 장비, 조조, 손권 이놈들 이거 다 쌍놈의 새끼들이야……. 정치를 하는 놈들이 다 그렇지 뭐……. 99

지나친 허무주의라고 말하지는 말아 달라. 삼국지 10권의 전체 제목은 전유성이 생각해낸 것이다. '교훈은 발견하는 자의 몫이다.'
삼국지를 읽고 무엇을 느끼고, 무엇을 생각하고, 또 무엇을 희망하는지는 오로지 독자 여러분에게 달려 있다.

구라 삼국지 그림, 즐거운 상상

글 | 김관형

비주얼 작품이 많이 등장한 전유성의 『구라 삼국지』의 삽화가로서 작품 제작
에 관한 앞뒤의 생각과 이야기를 정리해보았다.

4년 가까운 제작기간은 나에겐 정말 길었다. 그러나 즐거웠다. 그림들을 실컷
만들어보았다. 좋은 공부였다. 여러 사람들에게 감사한다.

아울러 함께 고생한 소담출판사의 디자이너인 이종훈 씨와
북디자인을 멋지게 해주신 김욱, 홍화연 씨께
감사한다.

1

보통 책 출판의 과정에서는 본문 속 그림들을 모두 완성시킨 다음 표지 그림을 그려낸다. 나 역시 거의 이 순서대로 작업을 했다. 제1권의 타이틀이 "조심하라, 첫 인상은 영원하다"였다. 마음의 부담이 컸다. 책의 얼굴이 표지라면 이것은 10권 대작의 첫 얼굴이 아닌가! 오만 가지 스케치를 해보았지만, 『구라 삼국지』적인 맛이 나지 않았다. 며칠 동안 하루 종일 그 옛날의 전쟁터 모습을 상상했다. 그러던 중 늦은 밤 자꾸만 손이 근질거렸다. 펜을 들어 전장에서 지쳐 허리가 휘어버린 말 한 마리를 그렸다. 처연한 느낌이 났다. 그런데 뭔가 비어 있는 듯 허전했다. 아, 뭔가 한 방이 부족했다. 담배가 몇 대 필요했다. 다시 펜을 들어 말 엉덩이에 화살 한 방을 꽂았다.

근데 왜 하필
복숭아나무
아래있을까.

2

삼국지의 그 유명한 복숭아 나무 밑 '도원결의' 장면이다. 유비,
관우, 장비 세 사람이 형제의 의를 맺는 장면을 어떻게 표현하면
좋을까……. 그림을 담당한 나는 늘 머릿속이 여러 가지 생각과
영상들로 어수선했다. 한 점의 작품이 나오기 위해서는 텍스트의
입력이라는 과정과 그것을 숙성, 변형시키는 과정이 필요한지라 늘
여러 가지 종류의 과제가 정돈되지 않은 채로 머릿속을 둥둥
떠다녔다. 어찌보면 평소의 나는 제정신이 아닌 셈이다. 늘 그렇게
작업했듯이 편집자의 원고 독촉이야말로 결정적인 자극제다.
나는 곧바로 흙으로 빚어 놓았던 토우 세 명을 창고에서 불러냈다.
복숭아 통조림 한 통을 사서 뚜껑을 땄다. 토우들에게는 포크를
하나씩 들려주었다. 그리고 냅다 '김관형표 도원결의'를 촬영했다.

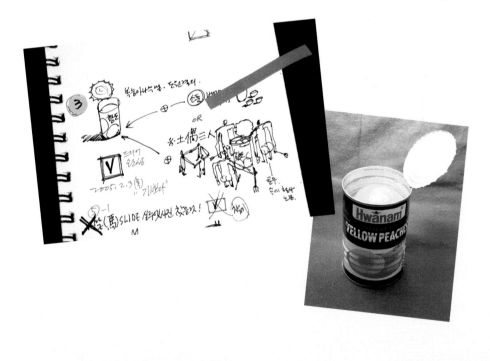

낮에 가장 중요한 그것이 없는 사람들은
상실감도 컸을 거다.

3

일러스트레이션 작업을 하다보면 자주 선택과 결정의 문제로
갈등을 겪는다. 이를테면 표현방식과 노출수위 조절에서 그러하다.
내시(內侍)를 보여줘야 하는 그림일 때, 어떤 방식으로 표현해야 그
본질을 여유롭게 포용하면서 글 속의 메시지를 동시에 잘 묘사할 수
있을까. 이번에도 창고 안에서 오랫동안 먼지를 쓰고 있던, 내가
만든 테라코타 토우 녀석을 한 놈 꺼냈다. 고추 앞에 X표 딱지 한
장을 붙이고 한 컷 찍었다.

4

'배신'을 그림으로 만들어야 한다. 와우! 어떻게?
무슨 수를 써서라도. 배신, 배신…… 배신이라…….
그렇다. "조그만 놈들 예쁘다고 오냐 오냐 키워주면 나중에 꼭 배신
때리는 놈 나온다."고 하던 선배들의 말이 떠올랐다.
큰 나사못에 올라타서 제 몸이 비수인 양 상대를 찌르고 있는
조그만 놈을 스케치했다. 그러나 촬영 직전에 생각이 바뀐다.
늠름히 서 있는 대못에 모기처럼 박혀 있는 배신의 모양새가 더
괜찮을 것 같았다.

5

여포는 괴롭다.
동탁에게 부자지간의 정을 갖기는커녕 이제 원수가 되었다.
사랑하는 초선을 **빼앗아간** 연적(戀敵)인 아버지에게 느끼는
복수심이 여포를 미치게 만든다. 그러던 여포가 어느 날 그림일기를
쓴다면 자신의 심사를 어떻게 그려낼까, 생각했다. 우선 하얀
일기장 오른쪽에 눈에 넣어도 안 아플 '마이 러브' 초선을
몽타주 그리듯이 그려 넣었을
거다…….
그리고 불타는
사랑의 속마음을
이렇게 몇 자
적었으리라.

春花滿發夢中接吻
만발한 봄꽃,
꿈속의 키스!

아, 미치겠다. 내 품에
있던 초선이었는데 동탁이 가로채다니…….
그런 다음 여포는 아빠 같지도 않은 미운 동탁을 그려 넣었겠지. 뒷
모습으로 옷을 홀랑 벗고 초선에게 두 팔로 하트 모양을 만들어
애교를 떠는 뚱뚱한 모습으로 그린다. 그 옆에다 조만간 끔찍한
일을 벌이겠다고 결심한 듯 "두고 보자."고 적었을 것이다!

6

"관형 씨, 이 부분에서 여포를 주연으로 영화 포스터처럼 표현해
보는 것은 어떨까?"
내게 준 원고에 쓰여 있는 저자의 제안이다.
재미난 생각이다. 만들자. 그러나 조금은 촌스럽게 만들어야 한다.
그래야 『구라 삼국지』답지 않겠는가? 여포의 애끓는 사랑과 미움의
쌍곡선이 영화로 개봉된 것이다. 여주인공 초선의 얼굴에 분칠을
하고 눈화장도 시켰다. 입술에 빨간 칠도 했다. 그 밑에 어디선가 두
팔을 벌리고 달려오는 여포를 그렸다. 1권을 시작하며 인물
캐릭터를 그릴 때 사랑의 열병을 앓는 사내인 여포의 옆머리에
꽃잎을 그려 꽂아주길 참 잘했다. 젊은 미인의 매력은 치명적이다.
섹시한 초선을 가슴에 품고 싶은 뜨거운 사랑이 결국 그의 손에
피를 묻혔다.
팜므 파탈이라던가.

7

미션 임파서블, 동탁의 얼굴 사진을 찍어라!

생생한 느낌이 나야 하는 신문 인터뷰 작업이었다. 그림 캐릭터가
아닌 실제 모델로 리얼리티를 살려야 재미난 볼거리가 될 것
같았다. 모델이 필요하다. 우선 내 주변의 인물들을 떠올려보았다.
정, 얼굴이 갸름하다. 아니다.
이, 얼굴이 미남이다. 아니다.
김, 인상이 호남형이다. 땡.
박, 얼굴은 둥근 편인데 착하게 생겼다. X.
최, 상상 속의 동탁과 비슷하게 겹치는 인상이라 모델이 되어
달라고 부탁 전화를 걸자
창피하다며 고사했다. 꽝.
곽, 마지막이다. 20여 년 나의
친구 곽상훈 군. 왠지 느낌이
온다.
나는 휴대폰을 들었다.

(전화내용)

김 : 상훈아, 나 관형이야.
곽 : 와우! 김 작가. Long time no
　　see!
　　애들 시키시지. 이렇게 직접
　　전화를 다 해주시고…….
　　헤헤.
김 : 다름이 아니고, 너 사진
　　모델 좀 해줘야 쓰것다.
곽 : 모델?
김 : 응, 삼국지에 나오는

동탁이라고 알지? 그 동탁을 사진으로 만들어야 되는데,
아무리 생각해도 네가 딱이야. 너 표정연기 죽이잖냐. 느끼한
분위기도 잘 짓고. 내 작업실에 와서 사진 찍자.

곽 : 야! 내가 『구라 삼국지』에 나오는 거야?

김 : 그럼, 당연하지.

곽 : 야호! 와우! 역시 네가 사람 볼 줄 아는구나. 내 캐릭터를
　　알아보는구나. 참 김관형이…… 참…… 사진 언제 찍어?

김 : 내일 당장 찍자구. 모델비는 없고 내가 술 살게.

곽 : 야, 야. 술은 내가 살게. 알았어. 뭘 준비해야 하냐?

김 : 그냥 와. 네 얼굴은 약간만 손보면 바로 동탁이니깐.

작업실에 윗옷을 벗고 그의 긴 머리카락을 바닥에 떨어져 있던
가느다란 전선줄로 묶었다. 분장 도구가 전혀 없었다. 동네 화장품
가게에서 3,000원짜리 미용 펜슬을 사서 모델의 눈썹과 수염 그리고
왼쪽 볼따귀에 검은 점을 찍었다. 초선과의 뜨거운 밤을 앞둔
상황의 표정이어야 했다. 내가 그에게 표정연기를 주문했다.
"상훈아, 예쁜 애인과 곧 사랑을 나눌 거야. 그때 기분이 어떨 것
같아?"
모델 이 사나이, 그 큰 목소리로 "하, 하, 하, 하", 멈추질 않는다.
나는 카메라 파인더 속에서 느끼한 표정의 동탁이를 보았다. 그리고
셔터를 눌렀다.

8

조조 군사와 여포 군사, 양쪽편 모두 군량미가 다 떨어져가는 대치
상황이다.
이때 저자 전유성의 상상은 즐거운 비약을 시작한다.
모자라는 군량미 이야기의 지점에서 전쟁터에 있던 말들과
다이어트 체중 감량이라는 전혀 관계가 없을 듯한 재료를 이용하여
역설적 재미를 구성한 것이다. 이 작업은 쉽게 만들어낼 수 있었다.
먹물로 상황을 묘사만 하면 됐으니까 말이다.

그분, 그분을 닮고 싶었다.
자기 일에 대한 프로정신은 물론
걸음걸이, 얼굴 표정,
말투까지도……

사진모델 배상훈

9

짝퉁 이야기다. 어떤 '오리지널'을 감쪽같이 모방하여 그 진위를
구분할 수 없게 만든 사물 또는 행위라 할 수 있겠다. 가짜다.
세상은 가짜로 넘쳐난다. 온갖 유명상품은 반드시 짝퉁이 있듯이
유명인들도 그들을 모방하려는 대중의 욕망에 맞물려 있다.
대중전달매체의 위력이다. TV에 출연하는 연예인들에게 푹 빠진
청소년들이 그 소비자이며 인터넷 공간 또한 광고의 공간이기
때문이다. 전국에 있는 노래방에서 터져나오는 열창도 생각해보면
사람들의 가수 따라하기, 자기가 좋아하는 가수 되어보기
아니겠는가.
테마가 짝퉁인지라 우리가 익히 잘 알고 있는 유명인 한 분을
정하고 비슷한 분위기를 만들어보기로 했다. 좀 어려웠다. 동탁
역을 맡아서 훌륭한 표정 연기를 해 주었던 곽상훈 모델이 왠지
이번에는 좀 표정이 굳은 것이다.
표정을 좀 그분처럼 여유스럽고 우아하게 해보라고 주문했지만
오리지널 특유의 연한 미소
만들기가 쉽지 않은 듯했다. 짝퉁
만들기에 만족스럽지 못한
마음을 캡션 글로 남겼다. 그분,
그분을 닮고 싶었다. 자기
일에 대한 프로 정신은 물론
걸음걸이, 얼굴표정,
말투까지도……

10

훔쳐보기를 표현해야 한다. 이거야 원…… 참…….
삽화작가는 정말 예상치 못한 다양한 이야기와 맞닥뜨린다.
이제 머릿속은 여러 가지 이미지들이 비눗방울 처럼 둥둥 떠올라
스스로 터지기도 하고 다른 것들과 찰싹 붙기도 하며 날아다닌다.
그러나 전체적으로 밝지 않은 느낌의 상상이다. 조금 어두운 느낌이
감도는 분위기가 느껴졌다.
슬슬 생각이 꿈틀거리기 시작한다. 내 머릿속에 구멍 모양이
떠올랐다. 구멍. 카메라를 메고 며칠을 여기저기 기웃거리며
자연스럽게 뚫린 구멍을 찾아 헤맸다. 그러다 어느 길거리
공사현장을 지나가게 되었다. 바로 그곳에서 건물 옆에 세워놓은
나무 판넬에 난 조그만 구멍을 발견했다.
저거다. 나는 미리 종이에 붓으로 그려서 주머니에 넣고 있던
사람의 눈 그림을 판넬 뒤쪽으로 가서 붙였다. 그리고 사진을
찍었다.
이렇게 발품을 팔아 '훔쳐보기' 를 만들었다.

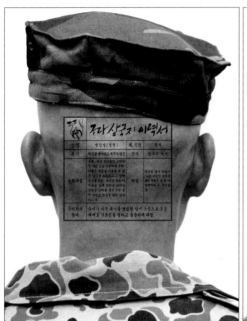

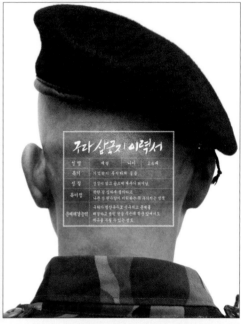

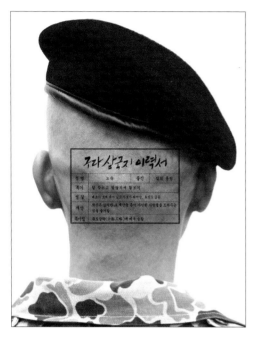

11

빡빡머리를 찾아라

『구라 삼국지』에서 새롭게 선보이는 것들 중의
하나가 인물들의 명함과 이력서다. 얽히고설킨
삼국지 이야기를 감안하여 개개인의 이름과
성격 등 이력을 쉽게 파악하도록 이력서를
여러 가지 모양으로 만들어본 것이다.
그중에서 해병대와 공수부대원이 쓰는
팔각모와 베레모를 쓰고 나온 이 이력서는
확실히 눈에 띄었다. 군인의 얼굴에 이력서
글씨가 들어갈 수는 없는 일이었다.
머리카락이 없는, 면도로 머리를 밀어버린
남자가 필요했다. 그러나 아이디어 스케치는
스케치일 뿐이다. 설령 내가 머리를 반들반들
밀어버린 누군가에게 사진 모델을 부탁한다고
치자. "내 뒤통수에 이력서를 인쇄한다구요?
좋죠. 자 어서 사진 찍어 책에 내세요."라고 할 사람이 과연 있을까.
저자의 도움이 필요했다. "이번 모델 섭외는 제 힘으로는 좀 어려울
것 같네요. 부탁합니다."
내가 부탁 말을 하자마자 바로 해답을 받았다.
"최형만!"
개그계 선배인 전유성의 책에 자신이 꼭 필요하다는 전화 한 통에
바쁜 방송 출연중에도 시간을 내어 기꺼이 뒷머리 보시를 해주신
개그맨 최형만 씨에게 감사드린다.

12

백기(白旗)

몇 해 전 영국 BBC방송에서 제작한 제2차 세계대전 다큐멘터리 필름에서 본 장면이 나의 기억 속에 뚜렷이 남아 있다. 〈라이언 일병 구하기〉의 수준과는 전혀 다른 비참한 장면이었기 때문이다. 오래된 흑백필름 동영상이 돌아가는 속도가 불규칙했다. 실제 전투현장에서 찍은 동영상인지라 카메라가 심하게 흔들리고 있었다. 포탄이 터져 참호가 날아가고 기관총 소리가 생지옥 같다. 시커먼 연기 속을 기어가는 연합군과 카메라 앞에서 터진 포탄으로 검은 흙더미가 화면을 때리는 험한 전투 장면이다. 그야말로 피아의 구별도 안 되는 생지옥의 전장이다.

화면은 편집을 거쳐 그 치열한 공방전의 종말을 보여주고 있었다. 포연이 가시지 않은 전쟁터에 서너 명의 독일군들이 총을 버린 채 두 손을 들고 잿더미 참호 속에서 걸어나오고 있었다. 총동원령으로 징집되어 가족을 떠나 군인이 되어 전장에서 포로가 되는 순간이었다. 죽음의 공포로 그들 모두가 온몸을 덜덜 떨고 있었다. 그때 그 젊은 군인들의 손에서는 하얀 손수건이 흔들리고 있었다.

4 당신을 위해 울어주는
사람, 그 누구인가?

교

3000

전유성의
구라
삼국지 4

13

'선임병', '후임병'······. 군대용어가 순화됐다. 좋은 일이다.
'고참', '쫄다구'를 대신한 것이다.
기합과 구타가 난무하던 시절의 이야기는 지금도 이 땅의 술자리
어디선가에서 영원한 레퍼토리로 흘러나오고 있을 것이다. 이 땅의
많은 남자들은 폭력의 피해자로서, 가해자로서, 또는 이 두 가지
역할을 모두 경험한 입장으로서 서너 개씩의 기억을 간직할 것이다.
그것의 시작은 가정이고 그 다음은 학교일 것이다. 엄한 체육
선생님으로부터 받은 '운동장 머리 박아'와 '빠따'는 폭력적 사회로
나가기 전 미리 해보는 '리허설'이 아니었나 싶다. 그 후 이어지는
폭력의 스토리는 밑도 끝도 없었으니······. 어쨌든 『구라 삼국지』
5권 속에 있는 '빠따 이야기'의 일러스트를 4권 표지로 채택했다.
그림 속 노란 종이에 적힌 것을 보면 열세 대 맞았다는 얘기다. 이
자리를 빌려 오래 전의 나의 후임병들 그리고 후배님들께
사과드린다. 미안하다. 착하게 살겠다.

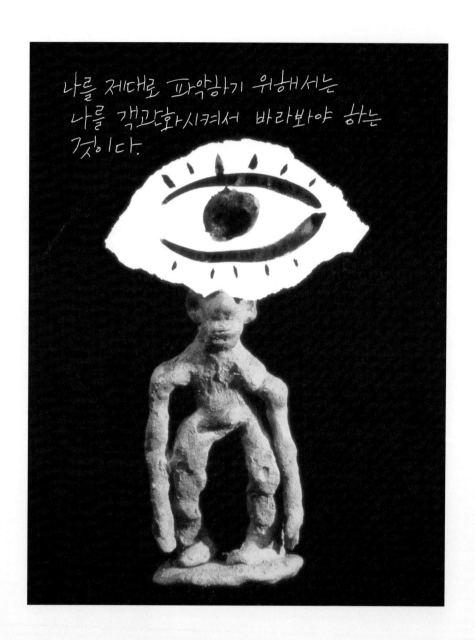

14

오래전 내가 신문사에서 일러스트 전문기자로 일할 때였다. 매주
연재하는 '정신심리학 칼럼'에 몇 년간 그림을 그렸다. 그림을
그리기 위해 처음 필자의 원고를 읽어보았을 때 매우 행복했다. 참
재미났다. 처음 접해보는 신경정신과 임상 이야기는 필자이신
조두영 박사의 글솜씨로 빛이 났다. 나는 그 인연으로 여러 권의
정신심리학 책을 읽게 되었고, 이후 그 공부는 내 개인 창작작업에
큰 도움이 되었다. 그러다 첫 사진전을 준비하면서 그 영향인 듯
테마를 '마음'으로 정하고 작품을 만들어나갔다. 〈통역의
어려움〉이라는 제목으로 사진전을 가졌다. 이 사진은 그때 만든
작품이다.

토우 남자가 자기의 눈 위에 커다란 눈을 그려 붙이고 있는
사진이다. "스스로를 객관화시켜 바라보는게 쉽지 않다."는 '구라
심리학' 속 내용에 어울릴 것 같아 일러스트로 사용했다. 이 사진을
만든 후 보았던 영화가 있다. 그 영화의 마지막 대사가 이 사진과
자꾸 겹쳐진다. "아무리 눈을 크게 떠도 안 보이는 건 안 보이는
거다." 기타노 다케시가 한 말이다.

15

오빠를 꼬셔야 한다

보통 벽보로 붙어 있는 육해공군 해병대 모병 포스터를 보면
잘생기고 씩씩한 이미지의 군인 모델을 등장시킨다. 게다가 깔끔한
제복이 눈에 띈다. 육체가 건강한 젊은이들의 표상이다. 그곳에
지원할 수 있는 건 젊은이의 특권이다. 특히 훈련과 화력이 센 공수
하사관 모집이나 해병대 지원 포스터에 나오는 군인들의 모습은
너무 멋져서 부럽기까지 하다. 『구라 삼국지』다운 모병 포스터가
필요했다. 따라서 여자 모델을 시도해 보았다. 그것도 정말
독특하고(?) 귀여운 모델로!

16

정말 웃고 또 웃었다. 중간에 원고를 덮고 한참 웃다가 다시 읽어나갔다. 한번 더 덮었다. 그치지 않는 웃음이 선사하는 선물이 있다면 당연히 복통이다. 정확히 말하자면 배 근육이 아팠다. 또 한번 말하지만 나는 마냥 웃고 즐길 입장이 아니었다. 웃음 뒤에 엄습하는 나의 작업 스트레스로 인해 금연의 결심은 번번이 수포로 돌아갔다. '추가 구라' 이야기에 등장하는 그 남자, 화가 치밀어오른 정육점 아저씨를 생각하자 황소의 모습이 떠올랐다. 커다란 화선지를 펴고 먹물과 물감을 붓에 묻혀 단숨에 그려낸 작품이다. 기분이 좋았다. 이 황소 그림을 3권 표지로도 등장시켰다. 가느다란 바늘을 한 화면에 배치하여 이 녀석을 찌르려는 순간을 만들었다. 황소가 그 바늘에 찔렸을 때 난리가 날 것이라는 암시의 표지 그림이었다.

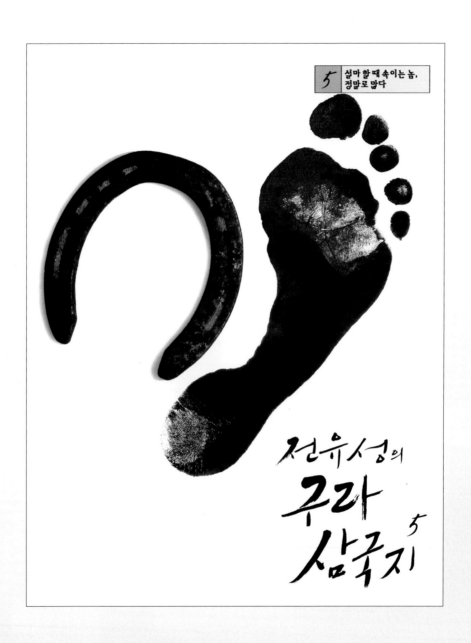

5 설마 할 때 속이는 놈,
정말로 많다

전유성의
구라
삼국지5

17

그 옛날 전쟁터의 험한 땅을 두 발로 죽기 살기로 뛰며 칼로, 창으로, 활로, 도끼로 싸웠을 수많은 병졸들과 그 옆을 날아다니던 군마들의 고달픈 발굽을 나란히 보여주고 싶었다. 그래서 나는 청계천 황학동 앤티크숍을 여러 차례 뒤져 마침내 말발굽에 박는 편자를 찾아냈다. 그리고 사람의 발바닥 도장을 만들었다. 『구라 삼국지』 저자의 발바닥에 물감을 바르고 종이 위에 꾸욱 찍게 했다. 평소 몸 씻는 걸 즐겨하지 않는 저자가 발바닥에 물감을 바르고 또 그걸 물로 씻어야 되는 번거롭고 귀찮은 부탁이었는데도 기꺼이 응해주었다.

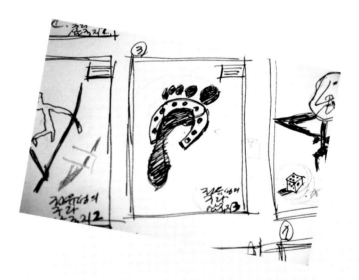

사진 모델 | 가수 · 배우 최은진

18

'후광효과'란 무엇인가. 출중한 외모만으로 성격, 지적 능력, 인간성까지 좋을 것이라고 생각하는 인간의 단순한 생각에서 나오는 효과이다. 또한 그 반대의 경우에도 그대로 적용되는 평가다. 그러니 외모지상주의 세상에서 살아가는 사람들이 겪는 스트레스와 상대적 박탈감은 커져만 갈 수밖에 없다. 마릴린 먼로의 얼굴 사진을 가면으로 썼다가 방금 벗은 여인. 우스꽝스런 얼굴 표정을 짓는다.

이 글을 읽는 당신이 두 얼굴을 번갈아보며 느끼는 그 감정으로 후광효과를 상상해보시라. 이 작업을 위해 모델이 되어 준 '종합예술인' 최은진 씨에게 감사드린다. 사진 속에서의 비교 상대가 워낙 막강해서 그렇지 그녀도 이렇게 익살스럽게 지은 표정이 아닌 평소의 모습은 정말 아름답다.

男子들은 왜
정력에 연연할까.

19

흙으로 한 명의 남자를 빚었다. 그것도 거대한 男性이 있는. 그것이
더 커질 것만 같아 흰 수건을 물에 적셔 덮어 놓았다. 나도 참
여러가지 만들면서 사는구나 하는 생각이 들었다. 원고를 다시
읽어보았다. 그때 문득 우리 사회에서 널리 퍼져 입에 달고 사는
'몸에 좋은', '정력에 좋은'이라는 수식어들은 그만큼 몸이 약하고
정력이 약한 사람들이 많다는 반증이겠구나, 하고 생각했다. 물론
몸에 좋은 약과 음식을 반드시 몸이 약하다고 먹는 건 아닐 것이다.
건강을 더욱 잘 유지하려고 찾을 수도 있으니까. 그래서 떠오른
생각이다.
만약 책읽기나 설거지가 남성에게 탁월한 효과가 있어 정력이
강해진다면 많은 남자들이 매일 직장일을 마치기가 무섭게 집에
뛰어 들어와 대거 독서와 설거지에 빠져들 텐데, 하는 상상을 한다.

20

머리와 몸뚱이를 단칼에 둘로 나누는 '참수'를 그림으로 어떻게든 한번은 만들어야 했다. 왜냐하면 삼국지에서는 걸핏하면 사람의 목을 베어버리는 장면이 숱하게 나오기 때문이다. 다른 곳도 아니고 꼭 목을 벤다. 확실하다. 평소 술 안주나 밥 반찬으로 먹는 멸치를 촬영 소품으로 정했다. 날카로운 면도칼도 준비했다. 촬영을 마치고 캔맥주를 마셨다. 사진 모델들을 안주로 먹으며 평소에는 전혀 해보지 않은 짓을 나도 모르게 해보았다. 몸통과 대가리가 붙을 리 만무했다. 그랬다. 한번 잘린 머리는 몸뚱이에 다시 붙지 않는다. 멸치 여섯 마리를 두 번 죽인 거다.

"제 친구 중에 사냥을 좋아하는 친구가 있어요."

포수 이삼종

21

『구라 삼국지』 6권 129쪽에 재미난 이야기가 나온다. 여기에서 포수는 참 적절한 비유다. 이 이야기에는 비주얼로서 실제 포수의 사진이 들어가야 제격이다 싶었다. 몇 해 전 지리산 포수들 사진을 찍었다. 그때 찍어놓은 사진이 많이 있었다. 깊은 산속에서 그들을 따라 죽어라 뛰며 사진 찍고, 길 잃어버리고 하면서 멧돼지 사냥을 기록으로 남겨두었다. 그 기억이 다시 떠오른다. 그때의 기억으로 멧돼지 사냥꾼, 포수에 대해 몇 자 적어본다.

포수들은 산속에 나 있는 조그만 길로 멧돼지를 추격하지 않는다. 그들은 총을 들고 가시덤불이 **빽빽**한 절벽에 가까운 산을 뛰어서 올라간다. 멧돼지가 도망 가는 곳을 가로질러 가는 것이다. (멧돼지는 사람이 만든 길로 거의 다니지 않는다.) 포수들은 사냥하는 날 아침에 세수할 때 비누칠, 샴푸를 안 하고 로션도 안 바른다. (후각이 발달한 멧돼지에게 들키기 때문이다.) 그들은 낙엽이 30센티미터 두께로 쌓인 산속길에서 멧돼지가 몇 시간 전쯤에 그 낙엽을 밟고 어느 방향으로 갔는지 알 수 있다. (짬밥 30년) 포수는 도망가는 멧돼지의 마음을 읽기 위해서 포수 스스로를 멧돼지라고 생각하며 일심동체의 경지를 만든다. (마인드 콘트롤) 그렇게 스스로 멧돼지가 되어 놈들이 온 산을 뛰다 찾아들 골짜기 바위 밑에 미리 가서 기다린다. (거기서 꼭 만난다.)

멧돼지를 추격하는 사냥개들 중에서 열심히 뛰지 않고 요령을 부린 녀석은 만일 그날의 사냥이 한 마리도 못 잡고 허탕이라면 자기의 죄를 아는 듯 꼬리를 내리고 주인 앞에서 고개를 숙이고 엎드린다. 화가 난 주인 포수의 억센 주먹으로 턱을 두어 대 빡세게 맞아도 반성한다는 듯 이빨을 꽉 다물고 참는다. (개가 거의 개 수준이 아니다.)

직업

"아버지는 땅투기꾼이야!"
"세금도적질로 너희들 셋을 대학 보냈단다!"
"부실공사 차액으로 아파트를 마련했지비!
 내가 걸릴까 봐 얼마나 조마조마했는지
 둘째 너는 알고 있니?"
"야호! 포주 노릇 3년 만에
 전원주택 마련했어."

9788973818815
ISBN 89-7381-881-3

22

이젠 세상에 비밀이 사라졌다. 비밀로 하고 싶은 사실이 있을
뿐이다. 그야말로 누군가 남의 정보를 알려고만 하면 금세 만천하에
드러나는 세상이다. 나쁜 짓이다. 인간이 빠르고, 편하기 위해 만든
모든 발명품과 시스템이 거꾸로 우리를 꼼짝 못하게 만들고 있다.
우리는 24시간 감시 카메라로 찍히고 누군가 내 학력과 경력,
그뿐인가 신용정보까지 빼보고 내 주소와 가족관계를 들춰볼
것이며…… 내 통화를 엿들을 수 있다. 한번은 내 휴대폰으로
전화가 걸려왔다. 전화를 받자 대뜸 한다는 말이 충청도에 좋은
땅이 있는데 생각 있느냐는 것이었다. 나를 자기 돈벌이 용도의
일개 전화번호로 취급을 하는 미친 세상이다. 불쾌한 기분에 어떻게
내 휴대폰 번호를 알았느냐고 물으니 그자의 대답 또한 가관이었다.
"다 아는 수가 있어요. 딸깍."
상품의 종류와 명칭, 출고일, 생산지 등등 상품의 모든 정보를 담고
있어 판매 유통관리에 혁신적인 역할을 하는 바코드가 이제 모든
사회 구성원들의 이마에 붙어 있는 것이다. TV 코미디 프로에서
어느 개그맨이 하던 대사다.
"조사하면 다 나와." 이 말은
실로 지식정보사회를 빙자한
사악한 대중 정보 사회의
슬픈 장면이다. 우리
모두는 옷을 입은 채
발가벗고 있는 것이다.

자기의 의도랑
상관없이
의심받는 경우
정말 많다.

리게 한 뒤 그 허점을 이용해 우
리를 쳐들어오려는 수작입니다. 내가 친히
천자를 뵙고 해명하겠소."
해명해봤자 이런 일이 생기면 위사람은 찜
찜하다. 사마의가 맡고 있던 자리를 조류가 맡게 되고 사마의
는 파직을 당해 고향으로 돌아가게 된다.

의심 추가 구라 ___ 자기의 의도랑 상관없이 의심받는 경우 정말 많다.
고 1때 태권도부에 들어간 적이 있었다. 옆차기가 잘 안 된다는 지적을 받
은 터라 시간만 나면 옆차기 연습을 해댔다. 그러다가 제도 시간에도 연습
을 한 적이 있었다. 제도 시간은 제도판 앞에 서서 수업을 진행하기 때문에
제도판을 두 손으로 잡고 옆차기 연습을 하기에 안성맞춤이었다. 수업 중
에 마침 제도 선생님이 다른 곳을 보고 계시길래 옆차기 연습을 한 번, 두
번, 세 번…… 하는데 선생님이 딱 돌아서신 거다. 근데 선생님은 자기를
등 뒤에서 찼다는 오해를 하신 거다. 아니라고 해명을 했는데도 선생님은
화가 잔뜩 나셨다. 같은 태권도부에 있던 근영이란 친구가 나를 도와준답
시고 "윤성이 쟤 태권도부예요." 한마디 거들었는데 선생님께선 태권도부
니까 나를 발로 차려고 했던 거라며 더 열받아 하셨다. 열난 머리에 기름을
부은 격이 된 것이다. "뭐, 이 자식이 태권도부라구? 이 나쁜 자식, 태권도
배워서 선생님을 발로 차는 연습을 해?"

용선이여, 천하의 사이비도 당하리라 - 출사표가 휘날리니 조자룡이 홀홀 쓰네 ___ 155

23

수업 중에 아무 생각 없이 다리를 쭈욱 뻗는 옆차기 동작을 하다가
선생님의 오해로 반쯤 죽었던 삼국지 저자의 고교시절 이야기다.
얼마나 아팠을까. 열일곱 살 소년은…… 구타로 인해 온몸이 멍들고
아팠겠지만 억울한 가슴 속의 시퍼런 멍자국은 오늘까지 남아
시커먼 먹물 그림으로 표현되었다. 그렇다. 설명을 해도 해명을
해도 상대의 입장에서는 동의할 수도 인정할 수도 없는 악마적인
상황이 있다. 이럴 땐 꼼짝없이 당한다. 실수했던 기억보다
억울했던 기억이 오래 남는 건 인지상정이다.

10원짜리도 달라시는 분이 그 당시에 100만 원이란 거금을 나에게 맡기셨다. 내가 살던 약 40평짜리 일본집이 40만 원 조금 더 할 때였다. 그런가 하면 언젠가 코미디 원고 쓰는 게 탄력이 붙어 제법 근사한 원고를 쓴 적이 있었다. 원고를 읽어보신 선생님은 "이거 말이야, 구봉서한테 갖다 줘." 하시는 거다. 나는 궁금할 수밖에 없었지. 왜 이 재미나는 걸 상대방 방송국의 다른 사람에게 갖다주라는 걸까? 갖다주라니 갖다줄 수밖에!!!

며칠 후 내가 쓴 원고로 구봉서 선생님과 그의 일행이 하는 코미디를 텔

후라이보이 곽규석은 다방에서 약속을 안 하시는 분이다.
왜냐? 몇 푼만 더 보태면 자장면 값이 되는데 뭐 하러 다방에서 약속을 하느냐는 거다.

24

1970년대 유명했던 텔레비전 프로그램 〈쑈쑈쑈〉 그리고 그 프로의
MC였던 코미디언 곽규석 씨에 대한 글이다. 길지 않은 이야기지만
저자의 곽 선생에 대한 애틋한 정이 느껴졌다. 어린 시절 나도
그분의 춤과 코믹 꽁트 연기와 원맨쇼를 텔레비전을 통해 많이
보았다. 흑백 텔레비전 시절인 그 당시에 그는 일찌기 '쇼다운 쇼'를
보여주었다. 특히 그분의 원맨쇼는 일품이었다. 마이크를 입에
대고 만들어내는 대포 쏘는 소리, 폭탄 터지는 소리, 비행기 소리,
자동차 소리, 총소리……는 진짜 같았다. 많은 사람들을 재미있게
해준 분이다. 가끔 텔레비전에 외국 연예인들이 출연하면 언제나
그가 통역 없이 직접 영어로 인터뷰를 하던 모습이 생각난다.
시대를 앞선 재능이다. 그의 웃음소리와 밝은 표정이 기억에
남는다. 그분의 흑백 사진을 어렵게 구하여 옛날 카메라와 함께
사진 찍었다. 지금도 하늘을 날고 있을 Fly Boy!

8 위해주는 척도 때론
질투의 방식이다

전유성의
구라
삼국지 8

25

총싸움도 아닌 칼싸움을 하는 삼국지 표지에 칼잡이 그림 한 점
정도는 등장해야 할 것 같았다. 얼굴 표정도 보이지 않는 커다란
칼을 든 남자를 그렸다. 옷을 걸치지 않은 듯하다. 그리고 보니 이
사내가 큰 칼을 치켜들고 왼 주먹을 불끈 쥔 채로 김치 담글 무나
자르러 가는 장면은 아닌 것 같다. 게다가 가슴에 채운 자물쇠도
단단히 채워져 있어 그 속에는 무슨 생각이 들어앉아 있는지 아무도
모를 일이다. 오늘 밤 무슨 일이 나도 나겠다.

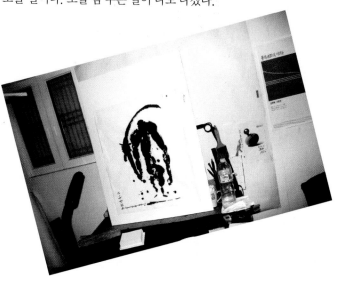

그런데 비가 오면 왜 술이 먹고 싶을까.

26

나는 내가 술을 사랑하는 국민의 한 사람인 것이 참 행복하다. 그런
면에서 보자면 『구라 삼국지』의 저자인 전유성도 무척 행복한
사람이다. 그러나 나의 술사랑은 약하다. 게다가 비겁한 구석도
있다. 왜냐하면 일요일 하루는 쉬기 때문이다. 나의 주변에 술을
사랑하는 사내들이 꽤 있지만 술을 사랑하기를 제 몸처럼 하여,
마치 술을 육화시키겠다는 듯이 지금도 꾸준히 마시는 한 사내가
있어 간단히 소개하겠다. 본인과 그의 동기들을 통해 확인한
실화다.
그의 성은 신(申)씨다. 현재 나이 52세. 이야기는 30년 전으로
돌아간다. 그 남자는 해병대 신병 시절 고참들로부터 부대 담벼락을
이용한 개구멍 심부름을 '명' 받았는데, 됫병 소주를 가지고
내무반으로 오는 동안 그 술이 너무 마시고 싶어 강철 같은 인내로
참고 참다가 에라 모르겠다 하고는 그 술을 다 마셔버리고 말았다.

취해서 기절까지 했다고 한다. 그
사나이의 그 '깡'이 존경스럽다.
됫감당도 그의
몫이었겠지만…….

그 후배는
친구들에게
자살하겠다고
말했고
친구들은
어처구니없게도
온갖 지혜를
다 짜내
자살방법을
연구해준다.

27

자살(自殺) - 스스로 제 목숨을 끊음.

슬픈 일이다. 나는 자살의 끔찍한 상황을 그림으로 묘사해야 했다.
그림으로라도 그리기 싫었다. 스스로 제 목숨을 끊기까지의 고뇌는
얼마나 큰 것이겠는가.
상상해보았다. 분명 나의 상상 밖의 것이었다.
그래서 하는 말이다. 너무도 슬픈 자들이여, 부디 목을 맬 거라면
스스로 자기 손으로 줄을 잡고 공중에 떠서 목을 맬 일이다. 그게 좀
힘들다면 부디 다시 한번 살아보시길.

기계충은 머리를 깎다가 바리깡에서 옮는다고 알려진
거지 같은 피부병이었다. 약은 된장이었다. 머리에 된장을
바르고 학교에 오면 된장냄새도 된장냄새지만 머리에서
풍기는 그 냄새를 맡고 파리가 윙윙 머리 주위를
날아다니기도 했다.

28

저자는 오래전에 경험한 이 땅의 서민 아이들 이야기를 매우 소상히
묘사한다. 대단한 기억력이다. 피부병 관련 사연이다. 당시의
민간요법이 예술이다. 대다수 서민의 자식들이 겪은 일은 거의
비슷했을 거다. 글을 읽으며 많은 것들이 상기되었다. 머리털이
동그랗게 빠져 영구머리가 된 아이들은 파란 잉크 같은 것을 바르고
딱지치기를 하고 다방구를 하고 놀았다. 당시 국민학교 초급생들은
거의가 콧물을 흘려 늘 콧물자국이 있었다. 너 나 없이 훌쩍거리며
다녔다. 온갖 피부병 등으로 고생하던 세대가 이제 그 세월을 모두
지나왔다.

그 많던 이용학원은
다 어디 갔을까?

29

바리깡. 이것은 머리 깎는 기구가 아니다. 적어도 한국 땅에서 중
고등학교를 다닌 남자들에게는. 새벽에 일어나 무거운 책가방에
도시락까지 끼워 넣고 짐짝 버스에 가까스로 매달려 천신만고 끝에
다다른 학교 정문. 교문을 통과하려는 순간이다. "너 이리와.",
"너도 이리와.", "엎드려 뻗쳐."……. 전교생이 모두 교실에
들어갔을 때까지 전쟁포로들처럼 우리들은 잡혀 있었고 날카로운
바리깡으로 옆머리와 앞머리를 사정없이 밀렸다. 변태적으로
즐겁게 웃어가며 그들은 우리들의 머리통에 고속도로를 만들어
놓았다. 거의 스킨헤드족을 만들어버렸던 그 악명 높던 선생님들.
교문에서 무참히 머리를 깎이던 그 시각에 일 교시 수업은 이미
시작되곤 했다. 헐레벌떡 교실로 뛰어 들어가면 일 교시 선생님의
차례가 되었다. "지각한 새끼, 너 앞으로 나와…… 퍽, 윽, 각, 탁,
윽……." 폭력의 아침이다.
바리깡, 너는 나에게 아니 내 청춘의 영혼에게는
적어도 기계의 탈을 쓴 악마다.

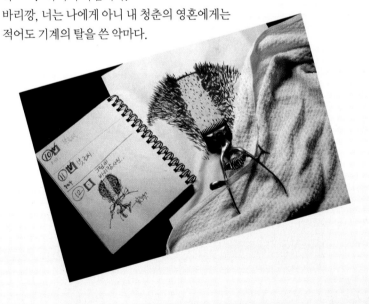

등에는 왕관의 밀서를 받고 입이 찢어질 정도로 크게 웃다가 진짜 입이 찢어졌다.

30

오래전 일이다. 대학입시에 번번이 떨어지던 내가 군 입대를 앞두고 마지막 입시 기회를 얻어 치른 대학입학 본고사였다.

합격자 발표날이었다. 눈발이 날리는 쌀쌀한 날씨였다.

내 번호가 거기 있었다.

"야, 합격이다!" 하고 크게 소리쳐 쾌재를 부르지 못한 이유는 지난 몇 년 동안의 힘들었던 장면들이 내 눈앞에 보였기 때문이다.

그러나 너무도 기뻤다. 나 스스로가 기특했고 자랑스러웠다.

그제야 북받치는 희열을 표현하고 싶어졌다. 순간적으로 나는 신고 있던 오른쪽 운동화에서 뒷꿈치를 살짝 빼냈다. 그리고 그 운동화 한 짝을 눈이 오는 허공으로 축구경기에서 프리킥을 차듯이 있는 힘을 다해 차올렸다. 나를 위한 승리의 축포였다. '삼수생이 쏘아올린 작은 운동화'였던 것이다.

내 운동화가 떨어지는 눈송이들 속을 거슬러서 하늘로 하늘로 올라갈 때 그제야 나는 "합격이다!" 하고 고함을 질렀다. 행복했다. 하늘로 쏘아올린 신발이 이제는 눈송이와 함께 천천히 내려오고 있었다. 그러나 잠시 후 아뿔싸! 나의 운동화는 내 앞에 떨어지지 않았다. 학교 담벼락 밖에 인접한 주택가 어딘가로 날아가버렸다. 그래도 괜찮았다. 난 눈밭에 젖은 양말을 신고서 막 웃었다. 정말 째지게.

31

전쟁으로 세상이 발칵 뒤집어졌다. 아버지를 도와 농사일을 하던
시골 총각이 병졸로 징집되었다. 옆집 사는 '새옹지마'라는
고사성어를 만들어낸 주인공 아저씨의 아들은 다리를 다쳐서
징집면제란다. 장정들은 사흘 내에 삼십 리 밖에 있는 큰 나루터에
집합이다. 만약에 가지 않으면 큰일 난다. 꼭 가야 된다. 집안
어른들께 일일이 인사드리지도 못하고 집을 떠나야 한다. 같은
마을에 사는 그 처녀애가 자꾸 마음에 걸린다. 살아서 돌아와야
결혼도 할 수 있다. 훈련소에서 정말 죽는 줄 알았다. 독사 같은
조교와 교관이 어찌나 굴리던지. 차라리 전쟁터가 더 편했다. 시골
청년은 장정에서 군인으로 변해 갔다. 끝날 줄 모르는 전투와
전투로 생과 사를 오고 가는 경험이 늘어만 갔고 나이도 들어갔다.
달이 밝은 밤이면 특히 고향의 부모님 생각이 많이 났다. 그러나
고향생각도 잠시, 또 출동이다. 적군에게 잡혀 포로도 되어보았고
탈출도 했다. 사람도 여럿 죽였고 칼에 맞아도 보았다……

세월이 갔다. 시간이 흘러가니
모든 게 다 부질없다. 유비군사
조조군사가 다 무엇이더냐.
이제는 조그만 관광 상품으로
바뀌어버린 그 시골총각
병졸이여, 욕봤다.

어느 편에 붙어야 살지, 어떤 놈이 내편인지? 헷갈렸다.
재산 좀 가진 놈들은 라면 사재기에 바쁘고 음식점들은 일제히 약속이나
한 듯 가게 문 앞에 외상금지란 쪽지를 내붙었다.

32

나도 가끔은 고지식한 짓을 한다. 저자의 글을 읽은 후 거기에 쓰여 있는 장면을 곧이곧대로 똑같이 표현을 하는 거다. 그림으로 만들어야 할 내용은 이것이었다.

"…… 재산 좀 가진 놈들은 라면 사재기에 바쁘고 음식점들은 일제히 약속이나 한 듯 가게 문 앞에 외상금지란 쪽지를 내붙였다……"

중국 음식점에 들어갔다. 자장면을 시켰다. 종업원이 친절하다. 엽차를 먼저 갖다준다. 조금 기다렸다. 다른 집에서는 단무지만 나오는데 이 집은 반찬이 두 개나 더 나온다. 종업원이 맛있게 드시라고 한다. 나도 잘 먹겠다고 했다. 그리고 바로 점퍼 안주머니에 돌돌 말아 넣어온 한지를 쓰윽 꺼냈다. 연출에 좀 신경을 썼다. 자장면에 나무젓가락을 꽂았다. 그런 다음 그 옆에 그것을 펼쳤다. 카메라를 들이밀었다. 그 때 종업원이 다가왔다. "뭐 하시는 거예요?" 나도 바로 맞받아 질문을 던졌다. "전쟁이 나도 음식점들은 영업할까요?" 종업원 청년은 어이없다는 듯 웃으며 대답했다. "에이, 아저씨, 전쟁 났는데 어떻게 장사를 해요?" 그렇다. 전쟁 중에 외상 주면 돈 못 받는다.

황호는 광화문네거리에서 능지처참을 당했다. 한때 강유의 칼을 면했던 황호였지만 결국 낙양까지 끌려와서 능지처참을 당하고 말았다. 능지처참! 이 말 많이 쓰는데, 능지처참이란 대역죄를 저지른 죄인을 쳐죽인 후 사지를 토막내 각 지방에 보내 너거들은 이렇게 되지 마라, 까불면 이렇게 된다 하며 겁주는 데 사용했던 형벌이다.

＊ 죽음이란 야유회 때 멀리서 들려오는 천둥소리 —W.H. 오든

후한은 십상시가 나라를 좀먹었고 촉한은 황호라는 내시 한 명이 좀먹

능지처참이란 대역죄를 저지른 죄인을 쳐 죽인 후 사지를토막 내 각 지방에 보내 너거들은 이렇게 되지 마라, 까불면 이렇게 된다 하며 겁주는 데 사용했던 형벌이다.

33

예전에 어느 여성잡지에서 읽은 것이다.

'붕어빵 먹는 순서 보면 남자 성격 알 수 있다' 뭐 이것 비슷한 제목이었다. 그런 다음에 유형별 분석을 해놓았다.

첫째, 붕어빵을 머리부터 먹는 사람. 이런 사람은 혈액형이 A형일 가능성이 높고, 사려가 깊다가도 돌연…….

둘째, 꼬리부터 먹는 인간…….

셋째, 등지느러미부터 깨무는 타입…….

넷째, 정확히 몸통을 반쪽내어 잘근잘근 씹는 놈…….

다섯째, 가장자리 고소한 부분을 뺑돌아가며 조금씩 침으로 녹여먹는 자식…….

뭐 이런 식이었다. 물론 나에게 해당되는 걸 생각해보니 나는 두 번째에 속하는 인간이었다.

『구라 삼국지』 10권에 '능지처참'에 대한 간단한 설명이 나온다. 그때 떠오른 생각이었다. 그 옛날 '능지처참'을 집행하는 놈이 붕어빵을 먹는다면 어떻게 먹을까 상상해보다가 4등분을 해보았다.

34

10권 표지작업을 하며 내 머릿속에 여러가지 생각이 겹쳐졌다. 책의
마지막 작업이라는 후련함과 늘 느끼는 것이지만 그동안 했던
작품들에 대한 뭔가 미진한 듯한 아쉬움 같은 것들이 섞인 것이다.
전쟁터에서 많은 사람들이 죽어갔지만 명이 길어 살아남는
'기춘이'라는 가상의 병사를 통해 사랑하는 가족에 대한 정을
표현해보았다.
편지 쓰고, 연락하고, 얼굴 보고, 손도 잡아볼 수 있는 부모님이
계시다는 건 행복이다. 나도 나의 어머니께 전화라도 자주
해야겠다. 반성한다.
이것으로 전유성의 『구라 삼국지』의 그림 작업과 작업
이야기들을 모두 마친다.

구라 삼국지 부록

전유성과 함께
배워보는
중국어 한마디!

중국어 한마디만 하면 중국 여행이
즐겁습니다. 중국 여행을 가신다면,
간단한 중국어 회화를 익혀
즐거운 여행이 되세요.

인사

★ **안녕하세요.** 你好. [nǐ hǎo]

★ **감사합니다.** 谢谢. [xiè xiè]

★ **천만에요.** 不客气 [bùkè qi]

★ **죄송합니다.** 对不起. [duì buqǐ]

★ **실례합니다.** 请问. [qǐng wèn]

★ **알았습니다.** 知道了. [zhī dào le]

★ **안녕히 가세요.** 再见. [zàijiàn]

장소 찾기

★ **여기가 어딥니까?** 这里是在哪里? [zhè lǐ shì zài nǎ lǐ]

★ **담배 가게 어디 있어요?** 卖烟的在哪儿? [mài yān de zài nǎr]

★ **여기서 담배 피워도 되나요?**

在这里可不可以抽烟? [zài zhè lǐ kě bù kě yǐ chōu yān]

★ **없어요.** 没有. [méi yǒu]

★ **시장** 市场 [shìchǎng]

★ **약국** 药房 [yàofáng]

★ **백화점** 百货商店 [bǎihuòshāngdiàn]

★ **식당으로 갑시다.** 去餐厅吧. [qù cāntīng ba]

★ **화장실은 어디인가요?**

洗手间在哪儿? [xǐ shǒu jiān zài nǎr], 厕所在哪儿? [cèsuǒ zài nǎr]

★ **왼쪽** 左边(儿) [zuǒ biān(r)]

★ 오른쪽 右边(儿) [yòu biān(r)]

★ 버스 정류장은 어디인가요?

　公交车站在哪儿? [gōng jiāo chēzhàn zài nǎr]

★ 공항은 어디인가요? 机场在哪儿? [jīchǎng zài nǎr]

★ 시간이 얼마나 걸려요? 需要多长时间? [xūyào duō cháng shíjiān]

★ 금방 가요. 马上. [mǎ shàng]

★ 10분 걸려요. 需要十分钟. [xūyào shí fēn zhōng]

★ 20분 걸려요. 需要二十分钟. [xūyào èr shí fēn zhōng]

★ 30분 걸려요. 需要三十分钟. [xūyào sān shí fēn zhōng]

★ 1시간 걸려요. 需要一个小时. [xūyào yī gè xiǎoshí]

식당에서

★ 매워요. 辣. [là]

★ 매우 매워요. 太辣. [tài là]

★ 짜요. 咸. [xián]

★ 물 한 잔 주세요. 给我一杯水. [gěi wǒ yī bēi shuǐ]

★ 찬물을 주세요. 给我冰水. [gěi wǒ bīngshuǐ]

★ 따뜻한 물을 주세요. 给我热水. [gěi wǒ rèshuǐ]

★ 맥주 한 병 더 주세요. 再来一瓶啤酒. [zàilái yī píng píjiǔ]

★ 이것은 무엇입니까? 这是什么? [zhè shì shén me]

★ 맛있는 음식을 추천해 주세요.

　给我推荐好吃的. [gěi wǒ tuījiàn hǎochī de]

★ 맛있어요. 好吃. [hǎochī]

★ 못 먹겠어요. 吃不下. [chī buxià]

★ 건배. 干杯. [gān bēi]

쇼핑

★ 이거 얼마예요? 多少钱? [duō shǎo qián]

★ 이거 중국 돈으로 얼마예요?

人民币的得花多少钱? [rénmínbì de děi huā duō shǎo qián]

★ 한국 돈을 쓸 수 있습니까? 可以用韩币吗? [kě yǐ yòng Hán bì má]

★ 신용카드를 쓸 수 있습니까?

可以用信用卡吗? [kě yǐ yòng xìnyòng kǎ má]

★ 너무 비싸요. 太贵. [tài guì]

★ 싸게 해주세요. 便宜一点儿吧. [pián yí yī diǎnr ba]

★ 잔돈을 주세요. 给我零钱. [gěi wǒ língqián]

★ 입어봐도 됩니까? 可不可以试穿? [kě bu kě yǐ shìchuān]

★ 너무 커요. 太大. [tài dà]

★ 너무 작아요. 太小. [tài xiǎo]

★ 빨리빨리. 快快. [kuàikuài]

★ 다시 한번 말해주세요. 再说一遍. [zài shuō yí biàn]

중국인을 만났을 때

★ 안녕하세요. 만나서 반갑습니다.

见到你很高兴. [jiàn dào nǐ hěn gāoxìng]

★ 저는 한국사람입니다. 我是韩国人. [wǒ shì Hánguó rén]

★ 저는 서울에 살고 있습니다. 我住在首尔. [wǒ zhù zài Shǒuěr]

★ 중국에 관광을 왔습니다. 来观光中国. [lái guàn guāng Zhōngguó]

★ 당신은 이름이 무엇입니까? 你叫什么名字? [nǐ jiào shén me míng zi]

★ 당신은 어디 사십니까? 你住在哪儿? [nǐ zhù zài nǎr]

★ 당신은 이뻐요. 你很漂亮. [nǐ hěn piào liang]

★ 당신은 멋있어요. 你很帅. [nǐ hěn shuài]

★ 당신 이메일을 알려주실 수 있나요?

把你的伊妹儿地址告诉我? [bǎ nǐ de yī méi er dì zhǐ gào sù wǒ]

★ 형, 오빠 哥哥 [gē ge]

★ 남동생 弟弟 [dì di]

★ 누이동생 妹妹 [mèi mei]

★ 누나, 언니 姐姐 [jiě jie]

★ 언제 만나서 한잔합시다. 哪天见面喝酒吧! [nǎ tiān jiàn miàn hē jiǔ ba]

호텔에서

★ 가이드 어디 계세요? 导游在哪儿? [dǎoyóu zài nǎr]

★ 택시 좀 불러주세요. 请叫车. [qǐng jiào chē]

아플 때

★ 아파요. 痛. [tòng]

★ 간지러워요. 痒. [yǎng]

★ **약국이 어디입니까?** 药房在哪儿? [yàofáng zài nǎr]

★ **병원이 어디입니까?** 医院在哪儿? [yīyuàn zài nǎr]

★ **소화제를 주십시오.** 请给我消化剂. [qǐng gěi wǒ xiāo huà jì]

★ **해열제를 주십시오.** 请给我退烧药. [qǐng gěi wǒ tuì shāo yào]

★ **맞습니다.** 对. [duì]

숫자

一 [yī]　二 [èr]　三 [sān]　四 [sì]　五 [wǔ]

六 [liù]　七 [qī]　八 [bā]　九 [jiǔ]　十 [shí]

전유성의 *구라 삼국지*

10권 교훈은 발견하는 자의 몫이다

펴낸날 2008년 4월 21일 초판 1쇄

지은이 전유성
펴낸이 이태권
펴낸곳 소담출판사
　　　　서울시 성북구 성북동 178-2 (우)136-020
　　　　전화 | 745-8566~7　팩스 | 747-3238
　　　　E-mail | sodam@dreamsodam.co.kr
　　　　등록번호 | 제 2-42호(1979년 11월 14일)

ISBN 978-89-7381-889-1 04810
　　　978-89-7381-882-2 (세트)

* 책 가격은 뒤표지에 있습니다.
www.dreamsodam.co.kr